狼《おおかみ》
黒風怪《こくふうかい》
妖

弐

妖怪道中《ようかいどうちゅう》三国志《さんごくし》

壁画《へきが》にひそむ罠《わな》

三田村信行・作　　十々夜・絵

登場人物紹介《とうじょうじんぶつしょうかい》

佐山信夫《さやまのぶお》

歴史大好《れきしだいす》きな「江戸《えど》時代オタク」。佐山博士《さやまはかせ》とともに、未来《みらい》で変顔《へんがん》を追う。

佐山博士《さやまはかせ》

信夫《のぶお》の祖父《そふ》で、歴史《れきし》学者。中国《ちゅうごく》の歴史《れきし》が専門《せんもん》。

大変《たいへん》じゃ！

予言書《よげんしょ》の巻物《まきもの》が妖怪《ようかい》にうばわれた！ わしたちは、追いかけて取りもどす。蒼一《そういち》くんと夏実《なつみ》くんは三国《さんごく》時代へ行き、なんとしても「赤壁《せきへき》の戦《たたか》い」を起こしてくれ！

早川蒼一《はやかわそういち》

妖怪《ようかい》ゲームの達人《たつじん》。アイデアを思いつくのが得意《とくい》。クラスメイトの夏実《なつみ》がちょっと気になっている。

大河原夏実《おおかわらなつみ》

“考えるより行動！”派《は》。正義感《せいぎかん》が強く、好奇心《こうきしん》おうせい。「じゃじゃ馬」なんていわれることも…。

2111年

三国《さんごく》時代へ

1805年

208年

これまでのお話は…

「変顔《へんがん》」という妖怪《ようかい》に『幻書三国志《げんしょさんごくし》』の巻物《まきもの》をうばわれた佐山博士《さやまはかせ》。変顔《へんがん》は巻物《まきもの》を使い「三国志」の時代を変《か》えようとする。阻止《そし》するため「赤壁《せきへき》の戦《たたか》い」を起こそうと、三国《さんごく》時代へ来た蒼一《そういち》たちは、孔明《こうめい》と張飛《ちょうひ》に出会う。ところが二人は「三国志《さんごくし》ゲーム」のヒーローのようにはかっこ良くない。名前を変《か》え、孔明《こうめい》・張飛《ちょうひ》と旅をはじめたとたん、蒼太《そうたい》たちは妖怪《ようかい》におそわれて…！？

張飛《ちょうひ》
「三国志《さんごくし》」の重要《じゅうよう》人物。天下無敵《むてき》の豪傑《ごうけつ》だが、じつは妖怪《ようかい》が苦手。
孔明《こうめい》
「三国志《さんごくし》」の中心人物。天才的《てき》な能力《のうりょく》を持つ軍師《ぐんし》だが、争《あらそ》いごとがきらいで気弱。
黒風怪《こくふうかい》
ある密命《みつめい》を受け、孔明《こうめい》たちを追っている「間者《かんじゃ》」（スパイ）。
三国《さんごく》時代
ろくろっ首のお六《ろく》
江戸《えど》時代で大妖怪《だいようかい》を補佐《ほさ》している。肝《きも》のすわった姉御肌《あねごはだ》な性格《せいかく》。
火吹《ひふ》き小僧《こぞう》
お六《ろく》を姉のようにしたっている。口から“あやかしの火”を吹《ふ》く。
未来《みらい》にあらわれる江戸《えど》の妖怪《ようかい》
青坊主《あおぼうず》
江戸《えど》時代から未来《みらい》へ送られ、妖怪管理局《ようかいかんりきょく》の長官《ちょうかん》になっている。
変顔《へんがん》
巻物《まきもの》をうばい、歴史《れきし》を変《か》えようとしている。どんな顔にもなれる妖怪《ようかい》。

このカード、なにかな…？

もくじ

蒼《そう》太《たい》たちが旅する「三国志《さんごくし》」の世界とは…

「後漢《ごかん》」という時代の末期《まっき》、国は乱《みだ》れ、各地《かくち》で戦乱《せんらん》が起こっていた。そんななか、大きな力をもつ三人の英雄《えいゆう》があらわれた。「魏《ぎ》」の国の曹操《そうそう》、「呉」の国の孫権《そんけん》、「蜀《しょく》」の国の劉備《りゅうび》。三人は、中国《ちゅうごく》を統一《とういつ》するため、さまざまな戦《たたか》いやかけひきをくり広げていく――。

古《ふる》井《い》戸《ど》をのぞいてみたら

一

街道《かいどう》はほこりっぽかった。ちょっとでも風が吹《ふ》くと、砂《すな》つぶまじりの土ぼこりが、ようしゃなく目や鼻に襲《おそ》いかかってくる。そのたびにこすっているので、目も鼻もまっ赤だ。

「こんなことなら、ゴーグルとマスクを用意してくるんだった」

蒼太《そうたい》は、ロバの背《せ》にゆられながら、ぼやいた。

蒼太《そうたい》と、今は夏花《かか》と名のっている夏実《なつみ》は、二一一一年の未来《みらい》から、三国志《さんごくし》の時代にやってきた。ふたりの目的《もくてき》は、呉《ご》の孫権《そんけん》と蜀《しょく》の劉備《りゅうび》の連合軍《れんごうぐん》が、魏《ぎ》の曹操《そうそう》と激突《げきとつ》する〈赤壁《せきへき》の戦《たたか》い〉を成功《せいこう》させることだ。そのために、劉備《りゅうび》の軍師《ぐんし》の孔明《こうめい》や護衛《ごえい》の張飛《ちょうひ》とともに、呉《ご》へ向かっているところだった。

けれど、蒼太《そうたい》には首をひねることばかりだった。

孔明《こうめい》は、いかにも大軍師《だいぐんし》らしい『三国志《さんごくし》』のゲームキャラとちがって、子どもっ

ぽくてたよりないし、張飛《ちょうひ》は張飛《ちょうひ》で、妖怪《ようかい》がでたとたん、布団《ふとん》をかぶってぶるぶるふるえるしまつ。

それに、ふたりとも、まったく急ぐようすがない。

孔明《こうめい》には、一刻《いっこく》も早く呉《ご》に行って、曹操《そうそう》と戦《たたか》うのに反対している呉《ご》の重臣《じゅうしん》たちを説得《せっとく》するという大事な使命があるはずなのに、「お空はまんまる、地上は碁盤《ごばん》」なんて口ずさみながら、のんびり馬を歩ませている。

張飛《ちょうひ》は張飛《ちょうひ》で、馬のひき綱《づな》を取りながら、大きなひょうたんにはいった酒をぐびりぐびりと飲んでは、ゆらりゆらりと歩いている。

「ねえ、こんなにゆっくりしてていいの？」

孔明《こうめい》の前に乗っている夏花《かか》も、さすがにあきれて、いった。

「早く呉《ご》に行って、戦《たたか》いの準備《じゅんび》をしたほうがいいんじゃない」

「なあに、早く行ってもおそく行っても、赤壁《せきへき》の戦《たたか》いはこっちの勝ちに決まってる。な、そうだろ、未来《みらい》から来たソータイさんよ」

張飛《ちょうひ》が、酒くさい息を吐《は》きながら、蒼太《そうたい》を見やった。

「そ、それはそうだけど……」

蒼太《そうたい》は口ごもった。赤壁《せきへき》の戦《たたか》いのことが記された予言書《よげんしょ》が、曹操《そうそう》のスパイの変《へん》顔《がん》にぬすまれたことは、ふたりにはまだいっていない。

二一一一年の世界では、佐山信夫《さやまのぶお》とおじいさんの佐山博士《さやまはかせ》が、予言書《よげんしょ》を取りもどそうと、変顔《へんがん》を追っている。予言書《よげんしょ》は、十日以内《いない》に元の箱にもどさないと、記された文字がうすれ、消えてしまう。そうなると、赤壁《せきへき》の戦《たたか》いはなかったことになり、未来《みらい》の歴史《れきし》が大きく変《か》わってしまう。

　そうさせないために、二一一一年の世界では信夫《のぶお》と博士《はかせ》が、三国志《さんごくし》の世界では、蒼太《そうたい》と夏花《かか》が力をつくしているのだ。

　――今話すより、あの人たちを赤壁《せきへき》の戦《たたか》いに向かってふるい立たせる切《き》り札《ふだ》にしたほうがいいわよ。予言書《よげんしょ》から赤壁《せきへき》の戦《たたか》いが消えてしまったら、曹操《そうそう》の天下になるかもしれないって知ったら、必死《ひっし》になるから。

　夏花《かか》がそういうので、タイミングを見はからい、いよいよというときになったら話すことにしていたのだ。

「おんや。〈それは、そうだけど〉とは、どういうことだ。〈そうだけど、そうじゃないかもしれない〉ってことか」

酔《よ》っているのか、張飛《ちょうひ》がからんできた。

「そんなこといってません！」

蒼太《そうた》は、むっとしていいかえした。

「まあまあ、ふたりともおちついて」

争《あらそ》いごとのきらいな孔明《こうめい》が、あわてたように口をはさんだ。

「たしかにのんびり、ゆっくりしているけど、心配しなくていいよ。いざとなったら、馬を飛《と》ばして一気に呉《ご》に乗りこむから」

孔明《こうめい》ははぐらかすようにいって、夏花《かか》にわらいかけた。

そんなふうにして、一行はほこりっぽい街道《かいどう》を進み、とある町にやってきた。

「どれ、今夜の宿をさがしてこようか。みんなちょっとここで待っていてくれ」

そういって、張飛《ちょうひ》は町の入り口で馬を止めた。

「ちょ、張飛《ちょうひ》どの、わたしが行ってきますよ」

孔明《こうめい》があわてていった。

「あなたが行っては、こわがって宿を貸《か》してくれる人なんていませんからね」

「それもそうか」

張飛《ちょうひ》は、大きな目をぎょろりとむいて、びっしり生えた黒いひげをしごいた。

孔明《こうめい》は馬をおりると、手綱《たづな》を張飛《ちょうひ》にあずけて、町の中にはいっていった。しばらくして、にこにこしながらもどってきた。

「うまくいきましたよ。さあ、行きましょう」

一同は、孔明《こうめい》のあとについて、町にはいった。孔明《こうめい》が見つけた宿は、町の中ほどにある古びた大きな屋敷《やしき》だった。

「えっ、こちらがお連《つ》れさん!?」

蒼太《そうたい》と夏花《かか》のうしろに立っている張飛《ちょうひ》を見た屋敷《やしき》の主人は、顔をこわばらせて、思わず二、三歩しりぞいた。

「こわがることはありませんよ。この男はわたしの従者《じゅうしゃ》で、こわい顔はしていますが、気はやさしくて力持ちなんです。さ、ご主人にごあいさつしなさい」

孔明《こうめい》にうながされて、張飛《ちょうひ》は仏頂面《ぶっちょうづら》で頭をさげた。

「よろしく」

「ま、宿をひきうけてしまったからには、しかたがない。上がりなさい」

主人は、しかたなさそうに一同を屋敷《やしき》に通した。

孔明《こうめい》が宿代はだしているのだろうが、夕食は料理《りょうり》の数も少なく、そまつなものだった。

「なんだ、酒もだしてくれないのか。大きな屋敷《やしき》に住んで、金持ちにちがいないくせにけちくさいな」

張飛《ちょうひ》が口をとがらせた。

「まあ、そういわずに。泊《と》めてもらえるだけありがたいと思いましょう」

孔明《こうめい》がなだめる。

「ま、いいか。こいつがあれば」

張飛《ちょうひ》は気分を直し、大ひょうたんをさかさにして口もとに持っていったが、たらたらと二、三滴《てき》がこぼれただけだった。どうやら道中で飲みつくしてしまったらしい。

「くそっ」

張飛《ちょうひ》は、いまいましげにひょうたんを部屋のすみにほうりなげた。

そのとき、外でさわがしい人声がした。大勢《おおぜい》の叫《さけ》び声《ごえ》やののしり声にまじって、あわただしい足音もする。なにかさわぎが持ち上がったようだ。

「ちょっと見てくる」

夏花《かか》がすばやく立ち上がって、部屋を飛《と》びだしていった。

「おれも行く」

蒼太《そうたい》もあとにつづいた。

さわぎは庭のほうで起こっていた。月明かりに照《て》らされた庭の中ほどに、大きな庭石が立っていたが、そのまわりを十数人の人たちが取りまいて、どなったり叫《さけ》んだりしている。屋敷《やしき》の主人のなにやら指図する声や女の人の金切り声にまじって、子どもの泣《な》き声《ごえ》も聞こえてきた。

近づいてみると、異様《いよう》な光景《こうけい》が目にはいった。庭石は、高さ二間《けん》あまり（一間《けん》は約《やく》二メートル）のごつごつとした自然石《しぜんせき》で、あちこちに穴《あな》があいていたが、下の方の大きな穴《あな》に小さな子どもがはさまっていたのだ。

「おすな、おすな。ひっぱったほうがいい」

「ばか。そんなにひっぱったら首の骨《ほね》がおれてしまうぞ！」

「やめて、やめて。この子が死んでしまう！」

まわりの者たちが、おしたりひいたりするたびに、子どもの泣《な》き声《ごえ》が高まる。

「どうしました、ご主人」

孔明《こうめい》が、人びとをかきわけて、前にでてきた。

「ああ、客人《きゃくじん》」

屋敷《やしき》の主人は、青ざめた顔でふりかえった。

「つまらんことでしかったわたしがいけなかったのだ……」

主人が説明《せつめい》したところによると、五歳《さい》になるむすこが、なにが気に入らなかったのか、ぐずって夕飯《ゆうはん》を食べなかったので、主人が怒《おこ》ってしかると、泣《な》きながら庭に飛《と》びだした。あとを追った主人から逃《に》げようと、むすこは庭石にあいた穴《あな》から向こう側《がわ》に抜《ぬ》けようとしたが、頭だけは通ったものの、体はつっかえて抜《ぬ》けられなくなってしまったのだという。

「あなた、早くなんとかしてください。この子、もう泣《な》く力もなくなってるわ」

母親らしい女の人が、おろおろしながら主人にすがりついた。

すると、人びとの背後《はいご》から、

「おれにまかせろ」

大きな声がした。見ると、張飛《ちょうひ》が腕組《うでぐ》みをして立っている。

「そのかわり、うまくいったら、酒を飲ませてくれ」

「おお、この子を助けてくれたら、酒でもなんでもいやというほど飲ませてやる」

主人のことばに、にやりとわらった張飛《ちょうひ》は、人びとをかきわけてのっしのっしと庭石に近づいた。そして、右手でこぶしをにぎると、はーっと息《いき》を吹《ふ》きかけ、大きくふり上げて力いっぱい庭石にたたきつけた。

するとおどろいたことに、庭石につつつーっとクモの巣《す》のようにひびが走ったかと思うと、つぎの瞬間《しゅんかん》ばらばらにくだけちって、子どもは地面にころがりおちた。

あまりにも超人的《ちょうじんてき》な荒技《あらわざ》に、人びとは唖然《あぜん》として声もでなかったが、やがてどっと歓声《かんせい》が上がった。

それから四半時《しはんとき》（三十分）後、一行の食卓《しょくたく》にはおいしそうな料理《りょうり》を山もりにした皿がつぎからつぎへと運ばれ、酒の瓶《かめ》がいくつもならんだ。

「おかげさまでむすこは助かりました。さあさあ、遠慮《えんりょ》せずに食べてください、飲んでください」

屋敷《やしき》の主人は、にこにこ顔でに料理《りょうり》をすすめ、酒をついでまわった。蒼太《そうた》と夏《か》花《か》は目をかがやかせて料理《りょうり》をぱくつき、孔明《こうめい》はほんのちょっぴり、張飛《ちょうひ》はがぶがぶとまるで水のように酒を飲んだ。

「ところで、ご主人。例《れい》の庭石のそばに、厚《あつ》い鉄板《てっぱん》でふたをした井戸《いど》があるのを見かけたのですが、あれはなんですか」

少しの酒で顔をまっ赤にした孔明《こうめい》が、屋敷《やしき》の主人にたずねた。

「ああ、あれですか。あの井戸《いど》には妖怪《ようかい》が封《ふう》じこめてあるのです」

妖怪《ようかい》と聞いて、蒼太《そうた》と夏花《かか》は、はしを止めて聞き耳を立てた。

「今から百年ほど前のことですが、あるとき、この屋敷《やしき》の井戸《いど》に水をくみにきていた女が、井《い》戸《ど》におちておぼれ死んでしまうという事件《じけん》がありました。おちたはずの女の体はうかんできませんでした。井戸《いど》にはいって底《そこ》までさがしてみましたが、ふしぎなことに、影《かげ》も形もなかったそうです。

この井戸《いど》は、いつもこんこんと清水《しみず》がわいて

いて、日照《ひで》りのときでも少しも減《へ》らないので、近所の人たちだけでなく、遠くからでも水をくみに来ていました。ところが、女がおちてからというもの、水をくみに来る人たちが、つぎからつぎへと井戸《いど》に飛《と》びこんで死んでしまうのです。死体が上がらないのも、女のときと同じです。

そこで、わたしのご先祖《せんぞ》が井戸《いど》をのぞいてみると、水面にそれはそれは美しい若《わか》い女の顔がうかんでいたそうです。女は、にっこりとほほえんでいました。ご先祖《せんぞ》は、ふらふらっとなって思わず井戸《いど》に飛《と》びこみそうなりましたが、あぶなく思いとどまりました。

さては、この井戸《いど》には妖怪《ようかい》がいて、人をさそいこむにちがいないとさとったご先祖《せんぞ》は、井戸《いど》の水をさらって、妖怪《ようかい》を捕《つか》まえようとしたんですが、いくら水をかいだしても、あとからあとからわいてきて、さらいきれません。そこで、厚《あつ》い鉄《てっ》板《ぱん》で井戸《いど》にふたをし、呪《まじな》い札《ふだ》をはって妖怪《ようかい》を封《ふう》じこめたというわけです」

「ふん。妖怪《ようかい》がなんだ。おれさまの蛇矛《じゃぼう》でひとつきにしてやらあ」

酒に酔《よ》って気が大きくなったのか、妖怪《ようかい》が苦手のはずの張飛《ちょうひ》が、太い腕《うで》をふりまわして気炎《きえん》を上げた。

二

腹《はら》いっぱい食べて飲んだ四人は、寝室《しんしつ》に案内《あんない》された。庭に面した広々とした部屋で、寝台《しんだい》には豪華《ごうか》な天蓋《てんがい》がついている。どうやら大事な客を泊《と》める最上等《さいじょうとう》の寝室《しんしつ》のようだ。

「わあ、すてき！」

夏花《かか》は、歓声《かんせい》を上げて天蓋《てんがい》つきの寝台《しんだい》にかけよった。

「王女さまになったみたい」

「夏花《かか》が王女さまなら、おれは王子さまだ」

蒼太《そうたい》も勢《いきお》いよく寝台《しんだい》に飛《と》びこんだ。ふかふかの絹布団《きぬぶとん》が、やわらかく蒼太《そうたい》の体を受けとめてくれた。

「こんな上等の部屋で寝《ね》られるのも、おれさまのおかげだということをわすれるなよ」

張飛《ちょうひ》が酒くさい息を吐《は》いて、どさりと寝台《しんだい》に倒《たお》れこんだ。天蓋《てんがい》がゆさゆさとゆれ、寝台《しんだい》がぎしぎしときしんだ。

「張飛《ちょうひ》どの、寝台《しんだい》をこわさないでくださいよ」

孔明《こうめい》が、寝台《しんだい》のわきに剣《けん》をおきながら苦笑《くしょう》した。

「弁償《べんしょう》させられると困《こま》りますからね」

返事のかわりに、大きないびきが答えた。

庭のほうで、わあっという叫《さけ》び声《ごえ》と、どしんという大きな物音がしたのは、それから一時《いっとき》（約《やく》二時間）後のことだった。

「なんだ？」

「なんなの？」

蒼太《そうた》と夏花《かか》が同時に目をさました。

庭に面した窓《まど》があいていて、月明かりが部屋にさしこんでいる。

「張飛《ちょうひ》さんがいないわ！」

部屋を見まわしていた夏花《かか》が、叫《さけ》んだ。孔明《こうめい》の寝台《しんだい》の布団《ふとん》はもり上がっていたが、張飛《ちょうひ》の寝台《しんだい》はぺちゃんこで、布団《ふとん》が床《ゆか》に投げだされている。

「なにかあったのかしら」

「行ってみよう」

夏花《かか》と蒼太《そうたい》は、ひらいている窓《まど》から庭にでた。月明かりであたりは明るかった。

例《れい》の庭石のそばにだれか倒《たお》れているようだ。ふたりは急いでかけよった。

張飛《ちょうひ》だった。庭石の右手にある古井戸《ふるいど》のわきに大の字になっていた。気を失《うしな》っているようだ。井戸《いど》の厚《あつ》い鉄板《てっぱん》のふたが、そのそばにころがっている。

「張飛《ちょうひ》さん、張飛《ちょうひ》さん！」

「しっかりして！」

蒼太《そうたい》と夏花《かか》は、必死《ひっし》で張飛《ちょうひ》をゆさぶった。

「う、う〜〜ん」

張飛《ちょうひ》はうめきながら目をあけると、がばっと半身を起《お》こした。

「どうしたんですか」

「なにがあったの？」

ふたりの問いかけに、

「で、でた！」

ふるえながら張飛《ちょうひ》は井戸《いど》を指さした。

「ば、ばけ物、よ、妖怪《ようかい》だ！」

「ばけ物？」

「妖怪《ようかい》？」

蒼太《そうたい》と夏花《かか》は、顔を見あわせた。

「そ、そうだ……」

張飛《ちょうひ》はがくがくとうなずいた。

「さっき目をさますと、酒を飲みすぎたせいか、えらくのどがかわいていた。台所がどこかわからんし、さがすのもめんどくさい。そういえば庭に井戸《いど》があったはずだなと思いだして、窓《まど》から庭に飛《と》びだした。井戸《いど》にかけよって鉄板《てっぱん》をはずし、中をのぞいた。そのとたん、で、で、でたんだよ……！」

「女の人の顔？」

屋敷《やしき》の主人の話を思いだして、蒼太《そうたい》がいった。

「そ、そうだ。水面に、今まで見たことがないくらい美しい若《わか》い女の顔がうかんでいた。おれを見て、にっこりわらった。おれは、ふらふらっとなって井戸《いど》に飛《と》びこみかけた。そこではっと気がついて、思わず叫《さけ》び声《ごえ》を上げながらしりもちをついたんだ。それで助かった」

張飛《ちょうひ》は、ふうっと息をついて、額《ひたい》の冷《ひ》や汗《あせ》をぬぐった。

「ばかねえ」

夏花《かか》があきれたように張飛《ちょうひ》を見やった。

「夕飯《ゆうはん》のときの話、聞いてなかったの？」

「のどがかわきすぎて、水を飲むことばっかり考えていたもんだから、妖怪《ようかい》のことはまったく思いうかばなかったのよ。おれとしたことが、とんだどじをふんじまった」

張飛《ちょうひ》はにがわらいした。

「おーい、みんな、そこでなにやってるんだい」

そのとき、のんびりした声が聞こえてきた。ふりかえると、孔明《こうめい》がゆっくりと歩みよってくるところだった。

「ふっと目をさましたら、だれもいない。窓《まど》があいていて、庭のほうで話し声がするから、来てみたんだ」

孔明《こうめい》は、三人を見まわした。

「どうしたんだい。なにがあった」

「張飛《ちょうひ》さんが――」

蒼太《そうたい》が説明《せつめい》した。

「あっはっはっはっ。そんなばかな」

話を聞きおえると、孔明《こうめい》はおかしそうにわらいだした。

「主《あるじ》が話してくれたのは、この井戸《いど》にまつわる伝説《でんせつ》だと思うよ。何代か前の屋敷《やしき》の主《あるじ》が、この井戸《いど》の底《そこ》に財宝《ざいほう》かなにかを隠《かく》していたんだね、きっと。そして、だれも近づかないようにするために、鉄のふたをかぶせ、妖怪話《ようかいばなし》をでっち上げたのさ」

「しかしおれは、たしかに見た」

張飛《ちょうひ》が、むきになって目をぎょろつかせた。

「それは、張飛《ちょうひ》どのの頭のすみに、主《あるじ》の話がひっかかっていて、こわいこわいと思っていたから、見えないものが見えたんですよ。なんなら、わたしが試《ため》してみましょう」

孔明《こうめい》は、井戸《いど》に歩みよった。

「よ、よせ！」

「大丈夫《だいじょうぶ》ですよ。わたしは張飛《ちょうひ》どのとはちがいますから」

孔明《こうめい》はわらいながら、首をのばして井戸《いど》のふちから中をのぞきこんだ。

「ほらね。水面が月の光に照《て》らされているだけですよ。女の顔なんて、どこにも見えやしません」

そういって孔明《こうめい》は三人をふりむいたが、ふっと首をかしげてくるりと井戸《いど》に向き直った。

「まさか……」

つぶやきながら、体をふたつに折《お》るようにして井戸《いど》をのぞきこんでいたが、つぎの瞬間《しゅんかん》、すーっと頭からおちていった。

「たいへん！」

「孔明《こうめい》さん！」

「軍師《ぐんし》！」

夏花《かか》と蒼太《そうた》と張飛《ちょうひ》が、顔色を変《か》えてかけより、井戸《いど》をのぞきこんだ。月明かりが井戸《いど》の奥《おく》のほうまでさしこんでいたが、鏡《かがみ》のような水面には波紋《はもん》ひとつなく、たった今おちたはずの孔明《こうめい》の姿《すがた》はどこにも見えなかった。

「孔明《こうめい》さん、孔明《こうめい》さん！」

「孔明《こうめい》さん、どこにいるの！」

「軍師《ぐんし》、返事しろ！」

三人は口ぐちに叫《さけ》んだが、返事のかわりにこだまが返ってくるばかりで、孔明《こうめい》はうかび上がってこない。

「だから、いわんこっちゃない」

張飛《ちょうひ》がうめいた。

「妖怪《ようかい》にさそいこまれたんだ」

「どうしよう……」

蒼太《そうた》は頭がまっ白になった。孔明《こうめい》がいなければ、赤壁《せきへき》の戦《たたか》いは曹操《そうそう》の大勝利《だいしょうり》に終わり、歴史《れきし》が変《か》わってしまう――。

最初《さいしょ》に我《われ》に返ったのは、夏花《かか》だった。

「とにかく、なんとかして孔明《こうめい》さんを助けださなくっちゃ。張飛《ちょうひ》さん、屋敷《やしき》に行って縄《なわ》ばしごを借《か》りてきて」

「縄《なわ》ばしごをどうするのだ」

「きまってるじゃない。あたしたちも井戸《いど》にはいるのよ。それから、孔明《こうめい》さんの剣《けん》もわすれないで持ってきて」

「わかった」

張飛《ちょうひ》は、気を取りなおしたように屋敷《やしき》にかけていき、しばらくすると縄《なわ》ばしごを肩《かた》にかつぎ、孔明《こうめい》の剣《けん》をさげてもどってきた。

「屋敷《やしき》の連中《れんちゅう》、妖怪《ようかい》がでたと聞いたら、布団《ふとん》にもぐりこんでふるえてやがったぜ」

自分のことをたなに上げて、張飛《ちょうひ》はあざわらった。

縄《なわ》ばしごは、井戸の水面すれすれまでとどいた。その先は、水にもぐるしかないようだ。

「おれは、ここで待ってる」

縄《なわ》ばしごをおろし終えると、張飛《ちょうひ》がひげをなでながら、ぬけぬけといった。

「お前たちだけで行ってくれ」

「なにいってんのよ。そんなの無責任《むせきにん》だわ！」

夏花《かか》が目をつり上げた。

「だいたい、張飛《ちょうひ》さんがお酒を飲みすぎて、のどがかわいて、水を飲もうと、よせばいいのに井戸《いど》のふたをあけたから、こんなことになったんでしょ。少しは自分の責任《せきにん》を感じたらどうなの！」

「わかったよ。そうがみがみいうな。行くよ、行けばいいんだろ」

張飛《ちょうひ》は、やけくそぎみにいった。

「ただし、いちばんあとから行く。お前たちが先に行ってくれ」

「もう！」

「そう怒《おこ》るなよ、夏花《かか》」

なおもいいつのりかけた夏花《かか》を制《せい》して、蒼太《そうたい》がいった。

「おれからはいるから」

「大丈夫《だいじょうぶ》？」

夏花《かか》が、怒《おこ》り顔《がお》からがらっと変《か》わって、心配そうに蒼太《そうたい》を見た。

「平気さ」

ぜんぜん平気じゃなかったが、ここで勇気《ゆうき》を見せなきゃ男じゃないと思いながら、蒼太《そうたい》は縄《なわ》ばしごに手をかけた。手足がこまかくふるえているのを夏花《かか》が気がつかないようにと願《ねが》いながら、一段《だん》ずつ慎重《しんちょう》におりていった。

五、六段《だん》おりると、

「あたし、おりるわよ」

上から夏花《かか》の声が降《ふ》ってきた。

「気をつけて」

いいながら、なにげなく下を見た蒼太《そうたい》は、こおりついた。はるか下の水面に、美しい女の人の顔が、月明かりに照《て》らされてぽかりとうかんでいたのだ。

柳《やなぎ》の葉のように細く美しいまゆ。アーモンドのような形をした切れ長の目。澄《す》んだ瞳《ひとみ》。ほっそりとした鼻。ふっくらとした頰《ほお》。桜の花びらのような美しいくちびる。豊《ゆた》かな黒い髪《かみ》を高く結《ゆ》い上《あ》げている。

女の人が、紅《あか》いくちびるをほころばせ、にっこりとわらった。蒼太《そうたい》は、なんだか頭がくらくらして、思わず縄《なわ》ばしごから手をはなし、さそいこまれるように水面に向かって飛《と》びこんでいった。夏花《かか》がなにか叫《さけ》んだが、蒼太《そうたい》の耳にはとどかなかった。

三

水面におちたはずなのに、水音はしなかった。それどころか、水中にはいった感じもない。体がぬれることもなく、息が苦しくてあっぷあっぷすることもない。月の光がとどかないぶあつい闇《やみ》の中を、蒼太《そうた》は、井戸《いど》の底《そこ》に向かってただただおちていった。

長い時間だったような気もするし、ほんの一瞬《いっしゅん》だったような気もした。蒼太《そうた》は、暗闇《くらやみ》を抜《ぬ》けて、明るい井戸《いど》の底《そこ》にすとんとおり立った。

井戸《いど》の底《そこ》？

蒼太《そうたい》はまわりを見まわした。

そこは円筒形《えんとうけい》の部屋で、いちめんにぼーっと青白く光っているかべに、扉《とびら》がひとつついている。上を見上げると、黒い闇《やみ》がふたのようにかぶさっていた。

ここはほんとに井戸《いど》の底《そこ》だろうか。

首をかしげていると、闇《やみ》の中から夏花《かか》が飛《と》びだしてきて、蒼太《そうたい》のわきにすとんとおり立った。

「なによ、どうしたのよ、どこよ、ここ」

夏花《かか》は混乱《こんらん》したようにあちこち見まわし、蒼太《そうたい》に気がついた。

「蒼太《そうたい》！　無事《ぶじ》だったんだ」

「うん」

「よかった。いきなり縄《なわ》ばしごから飛《と》びおりたんで、びっくりしちゃった。いったい、どうしたのよ」

「自分でもわけがわかんないんだ。おりる途中《とちゅう》で下を見たら、水面にきれいな女の人の顔がうかんでた。そのとたん、頭がくらくらっとして、縄《なわ》ばしごから飛《と》びおりてたんだ。夏花《かか》は？」

「あたしは、そんな女の人なんか見てないわ。蒼太《そうたい》が飛《と》びおりたので、とにかくなんとかしなくちゃいけないと思って、あとから飛《と》びおりたのよ。そしたら、ここにおちたんだ。ねえ、ここ、どこ？」

「井戸《いど》の底《そこ》のはずなんだけど、もしかしたら、妖怪《ようかい》のすみかかもしれない」

蒼太《そうたい》は、水面にうかんだ女の人の顔を思いうかべながら、いった。

そのとき、ふたりの背後《はいご》でどしーんと大きな物音がした。ふりかえると、張飛《ちょうひ》がしりもちをついていた。ふたりのあとを追って、縄《なわ》ばしごを飛《と》びおりたのだろう。

「いててて」

張飛《ちょうひ》は、顔をしかめながら立ち上がった。

「くそっ、ここはどこだ」

「妖怪《ようかい》のすみかみたいよ」

夏花《かか》が、からかうようにいった。

「なんだと?」

張飛《ちょうひ》はぶるっとふるえて、逃《に》げ場《ば》はないかときょろきょろあたりを見まわした。

「ここが妖怪《ようかい》のすみかだとしたら、孔明《こうめい》さんがどこかにいるはずだ。早くさがしださないと」

蒼太《そうたい》がいった。

「さがすとしたら、あそこしかないわね」

夏花《かか》が、かべにあるただひとつの扉《とびら》を指さした。

と、その声が聞こえたかのように、扉《とびら》がぎぎぎっと重くきしみながらゆっくりとひらいていった。蒼太《そうたい》と夏花《かか》は体をかたくし、張飛《ちょうひ》はふたりのかげにあわてて隠《かく》れた。

ひらいた扉《とびら》からだれかがでてきた。蒼太《そうたい》は思わず声を上げそうになった。水面に顔がうかんでいた女の人だったのだ。

「みなさん、よく来てくださいました」

女の人は、笑《え》みをうかべて歩みよってきた。

「気をつけろ！」

張飛《ちょうひ》がふるえ声で叫《さけ》んだ。

「そいつは妖怪《ようかい》だ！」

「こわがらなくてもいいですよ。この人はなにもしません」

聞きおぼえのある声がした。

「孔明《こうめい》さんだ！」

「孔明《こうめい》さんよ！」

「軍師《ぐんし》か！」

蒼太《そうた》と夏花《かか》と張飛《ちょうひ》が、同時に叫《さけ》んだ。

「ええ、わたしです」

孔明《こうめい》が扉《とびら》のかげからゆっくりとでてきて、三人にわらいかけた。

「いったい、どうなってるの」

夏花《かか》が、とまどったように、孔明《こうめい》と女の人を見やった。

「妖怪《ようかい》にたぶらかされて井戸《いど》におちた孔明《こうめい》さんも、助けようとあとを追って飛《と》びこんだあたしたちも、ぴんぴんして、こんなわけのわからないところにいる。これって、どういうこと？」

「もしかしたら、おれたちみんなが、この女の人にたぶらかされてるのかもしれない」

蒼太《そうた》がいった。

「いや。この人はわたしたちをたぶらかしたりはしない」

孔明《こうめい》が首をふった。

「うそつけ」

張飛《ちょうひ》が、蒼太《そうた》と夏花《かか》の背後《はいご》からそろそろと首をのばした。

「水面にうかんで、おれたちを井戸《いど》の中にさそいこんだではないか」

「それは、わたしたちに力を貸《か》してほしかったからです。この人は、鬼《き》なんですよ」

「鬼《き》ってなあに。知ってる？」

夏花《かか》が蒼太《そうた》をふりむいた。

「うん。死んだ人の霊《れい》だよ。中国《ちゅうごく》では、死んだ人はみんな鬼《き》になると考えられているんだ。三国志《さんごくし》のゲームにでてきた。日本《にほん》の幽霊《ゆうれい》みたいなもんだね」

「みなさん、たいへん失礼《しつれい》をいたしました」

女の人は、蒼太たちにていねいに頭をさげた。

「今、こちらの孔明《こうめい》さんがおっしゃったとおり、みなさんのお力をお借《か》りしたくて、来ていただいたのです。けっしてたぶらかしたわけではありません」

「どうして、あたしたちの力を借《か》りたいの？」

夏花《かか》がたずねた。

「そのわけを、これからお話しします」

女の人は、口調をあらためて、話しだした。

「わたしは紅蘭《こうらん》といって、むかし、遠い村からこのお屋敷《やしき》の井戸《いど》に、毎日水をくみに来ていました。ところが、あるとき、あやまって井戸《いど》におちておぼれ死んでしまったのです。鬼《き》になったわたしは、井戸《いど》の底《そこ》によこたわった自分の身体《からだ》を見ていました。そばに一ぴきの蝦蟇《がま》がいました。この井戸《いど》は、蝦蟇《がま》のすみかだったのです。

お前は死んで鬼《き》になったが、おれのために働《はたら》けば、もとの体にもどして生きかえらせてやる。いやなら、お前の体を食ってしまう。そうなれば、もどる体がなくなって、お前は鬼《き》のままで永遠《えいえん》にさすらうことになる――と、蝦蟇《がま》はいいました。

　生きかえることができるならと、わたしは、蝦蟇《がま》のいうことをきくことにしました。そして、水面に顔をうかべて水をくみに来た人たちをたぶらかし、井戸《いど》にさそいこんでいたのです。

　こうして、しかたなく多くの人を蝦蟇《がま》のえじきにしてきたのですが、やがて、井戸《いど》にふたをされ、封印《ふういん》されてしまいました。すると蝦蟇《がま》は、封印《ふういん》が破《やぶ》られ、井《い》戸《ど》のふたがあけられるときまでねむるといって、ねむりにつきました。それから

五十年、今もねむりつづけています。

そして今夜、思いがけず封印《ふういん》が破《やぶ》られ、井戸《いど》のふたがあきました。じつは、わたしもこのときを待っていたのです。井戸《いど》をのぞきこんだ人をさそいこんで、ねむりつづけている蝦蟇《がま》をやっつけてもらえれば、二度と犠牲者《ぎせいしゃ》をださなくてすみますし、わたしもこれまでの罪《つみ》ほろぼしができるのです――」

「と、いうわけなんですよ」

孔明《こうめい》が、自分のことのように、しめくくった。

「みんなで力を貸《か》してやろうじゃないですか」

「どうかお願《ねが》いします」

女の人――紅蘭《こうらん》は、ふたたび深々と頭をさげた。

「おれは、ごめんこうむる」

張飛《ちょうひ》はそっけなく首をふった。

「妖怪《ようかい》に義理《ぎり》はないからな。わるいけど、もどらせてもらうぜ」

「どうやってもどるの？」

夏花《かか》がいった。

「縄《なわ》ばしごもないのに」

蒼太《そうたい》は上を見た。闇《やみ》があいかわらずふたのようにかぶさっている。

「もうしわけありません」

紅蘭《こうらん》がすまなそうにまた頭をさげた。

「蝦蟇《がま》は、強い妖力《ようりょく》でこの井戸《いど》の底《そこ》を自分のすみかにしているのです。ですから、その妖力《ようりょく》をなんとかしないかぎり、だれもここからはでられないのです」

「なんてこった……」

張飛《ちょうひ》は頭をかかえた。

「とにかく、やるしかないですよ、張飛《ちょうひ》どの」

孔明《こうめい》がはげました。

「でも、この人、これまでたくさんの人をさそいこんで、命をおとさせているよ。そんな人を助けるって、どうなんだろう」

蒼太《そうたい》のことばに夏花《かか》もうなずく。

「それはそうだが、罪《つみ》ほろぼしをしたいといっているのだし、ここで止めなければ、また罪《つみ》をかさねなければならない」

孔明《こうめい》がいった。

「わかったわ」

「わかった。それなら力を貸《か》すよ」

夏花《かか》と蒼太《そうたい》がこもごもいった。

「でも、蝦蟇《がま》の妖力《ようりょく》をなんとかするって、どうすればいいんだろう」

「蝦蟇《がま》の額《ひたい》には、短い角がはえています。この角をおってしまえば、妖力《ようりょく》は消えるはずです」

紅蘭《こうらん》がいった。

「あるとき、蝦蟇《がま》が、おれの秘密《ひみつ》を教えてやるといって、話してくれました。やれるならやってみろと蝦蟇《がま》がいうので、やってみましたが、わたしの力ではとうていおることはできませんでした。だれか、力の強い人がやってくださるか……」

みんな、いっせいに張飛《ちょうひ》を見た。

「よせ！　おれを見るな。おれはやらんぞ。ぜったいに」

張飛《ちょうひ》は顔の前ではげしく手をふった。

「それでなければ」

紅蘭《こうらん》はことばをついだ。

「童子《どうじ》、つまり男の子ですね。蝦蟇《がま》は、前世で渡し船《わたしぶね》の船頭をしていましたが、あるとき、あやまって船を転覆《てんぷく》させ、乗っていた大勢《おおぜい》の童子《どうじ》をおぼれ死にさせてしまいました。その罪《つみ》で蝦蟇《がま》に生まれ変わってこの井戸《いど》の底《そこ》に住むようになったのですが、死んだ童子《どうじ》の呪い《のろ》で、童子《どうじ》に角をさわられると、ぽろりとおちてしまうんだそうです」

「へへへ。そりゃあ、いいや。ソータイどの、たのみましたぜ」

張飛《ちょうひ》が、へらへらわらいながら、蒼太《そうたい》をおがんだ。

「たのむ」

「やってくれるわよね」

孔明《こうめい》と夏花《かか》も、期待をこめて蒼太《そうたい》を見やった。

「あ、ああ……」

蒼太《そうたい》はしかたなくうなずいた。

「それで、蝦蟇《がま》はどこにいるんですか」

「こちらへどうぞ」

紅蘭《こうらん》が、さっきでてきた扉《とびら》に歩みよった。

扉《とびら》の向こうは通路《つうろ》になっていて、しばらく進むとまた扉《とびら》があった。

「蝦蟇《がま》は、ここでねむっています」

そういって、紅蘭《こうらん》が扉《とびら》をあけた。

四

さっきの部屋の三倍はありそうな大きな部屋だった。同じように、まわりのかべがぼーっと青白く光っている。部屋のまん中に、天井《てんじょう》から吹《ふ》き流《なが》しのような筒《つつ》型《がた》の布《ぬの》がつりさがっていた。

紅蘭《こうらん》が歩みより、たれさがっているひもをひっぱった。すると、布《ぬの》がするすると上がっていき、丸い大きな寝台《しんだい》があらわれた。寝台《しんだい》の上には、巨大《きょだい》な蝦蟇《がま》が横になっている。グォーッ、グァーッと、大きないびきがかべをゆるがしていた。

「あれが、さっきいった〝角〟です」

紅蘭《こうらん》が蝦蟇《がま》の額《ひたい》のあたりを指さした。

たしかに、蝦蟇《がま》の目と目のあいだには、三寸《ずん》（一寸《すん》は約《やく》三センチ）ばかりの突起《とっき》がニュッとのびている。なるほど角のように見えなくもない。

──あれにさわれば、ほんとうにぽろりとおちるのだろうか？

蒼太《そうたい》の胸《むね》のなかでは、いろんな思いがうずまいていた。

──さわってもおちなかったら？

──さわったとたんに、蝦蟇《がま》が目をさましたら？

──ほんとうはもう目をさましていて、わざといびきをかいてるんじゃないのか？

──近づいたとたんに、大きな口をあけてぱくりと……！

「ちょっと、蒼太《そうたい》。なに考えてるのよ」

夏花《かか》が背中《せなか》をつついた。

「早くやりなさいよ」

──ちぇっ。夏花《かか》のやつ、自分がやらないもんだから、いい気なもんだ。

「さあ、勇気《ゆうき》をだして」

孔明《こうめい》がはげますようにいった。

「みんなのために、がんばってくれ、蒼太《そうたい》」

——孔明《こうめい》さんは、思いやりがあるな。それにひきかえ、張飛《ちょうひ》さんは……。

張飛《ちょうひ》はみんなからはなれて扉《とびら》ぎわに立ち、いざとなったらすぐ逃《に》げられるように、半身にかまえている。

「わかった。やるよ」

蒼太《そうたい》は、ぶるんと頭をふって、いろんな思いを追いはらうと、そろそろと寝台《しんだい》に近づいていった。

蝦蟇《がま》は、寝台《しんだい》にあおむけになって寝《ね》ていた。小山のようにもり上がった布団《ふとん》が、グォーッグワーッといういびきとともに、ゆっくりと上下している。目も口もとじてはいるが、とつぜんカッとひらくかもしれないと思うと、うっかり手をだせない。

「大丈夫《だいじょうぶ》よ。五十年もねむっていたんだから、目をさますはずはないわ」

紅蘭《こうらん》が、勇気《ゆうき》づけるようにいった。

それはわかっているが、なにしろ相手は妖怪《ようかい》だ。こっちの思いどおりになるかどうかはわからない。

ええい、なるようになれだ！

蒼太《そうたい》は、思いきって蝦蟇《がま》の額《ひたい》に腕《うで》をのばした。目と目のあいだの〝角〟をつかもうとしたとたん、蝦蟇《がま》がくるりと向こう側《がわ》に寝《ね》がえりを打った。

「まずい」

蒼太《そうたい》は舌打《したう》ちして、向こう側《がわ》へまわろうとした。

すると、蝦蟇《がま》がふたたびごろりと寝《ね》がえりを打って、こちらを向いた。

「ふうーっ」

蒼太《そうたい》は、大きく息をついて、またそろそろと手をのばした。が、その手は途中《とちゅう》で金しばりにあったみたいに、ぴたりと止まり、指先は氷づけされたみたいにかちかちにかたまった。

蝦蟇《がま》が、ぎょろりと目をむいたのだ！

「うわわわあっ！」

蒼太《そうたい》は、腰《こし》を抜《ぬ》かしそうになりながら、よたよたと孔明《こうめい》と夏花《かか》のもとに逃《に》げもどった。寝台《しんだい》のほうを指さしてなにかいおうとしたが、口をぱくぱくさせるだけで、声がでない。

「気をつけてください。蝦蟇《がま》が目をさましました！」

紅蘭《こうらん》がじりじりと寝台《しんだい》からはなれながら叫《さけ》んだ。

「張飛《ちょうひ》どの、わたしの剣《けん》を！」

孔明《こうめい》がさっと腕《うで》をのばした。

「わ、わかった」

張飛《ちょうひ》が逃《に》げ腰《ごし》になりながら、剣《けん》をさしだした。孔明《こうめい》は剣《けん》を受けとると、柄《え》に手をかけ、用心ぶかく身がまえた。

「ふあぁぁぁぁぁー」

大きなあくびをしながら、蝦蟇《がま》が半身を起こした。

「よくねむったな。人間のにおいがしたんで目がさめたが、はて、どうしたわけだ」

大きな目玉をぎょろりと動かして、蝦蟇《がま》はまわりを見まわし、孔明《こうめい》や蒼太《そうたい》たちを見つけると、にやりとわらった。

「いたぞ、いたぞ。さては、井戸《いど》のふたがあいて、紅蘭《こうらん》がさそいこんだとみえる」

蝦蟇《がま》は、布団《ふとん》をはねのけ、寝台《しんだい》からおりた。

「ちょうどいい。腹《はら》がへっているところだ。ひとまとめにして食ってやるわ」

「きさまなんかに食われてたまるか」

孔明《こうめい》が剣《けん》を鞘《さや》から抜《ぬ》きはなち、一歩前にでた。夏花《かか》と蒼太《そうた》と紅蘭《こうらん》がそのうしろにつき、扉《とびら》ぎわの張飛《ちょうひ》は、頭をかかえて小さくなっていたが、それでも逃《に》げずに横目でようすをうかがっている。

「ふははは。そんなものが役に立つと思っているのか」

蝦蟇《がま》はあざわらうと、頬《ほお》を大きくふくらませ、口からぶわわあーっと黄色いけむりを大量《たいりょう》に吐《は》いた。けむりはたちまちもやのように孔明《こうめい》たちをおしつつんだ。

「うっ」

「くっ」

「げほ」

「げほっ」

黄色いけむりを吸《す》いこんで、みんな頭がくらくらっとした。けむりにはどうやら毒気《どくけ》がふくまれているようだ。

「それそれそれ。もっと吸《す》え、もっと吸《す》え！」

蝦蟇《がま》は、つぎからつぎへとけむりを吐《は》きつづけた。部屋じゅうに黄色いけむりが充満《じゅうまん》した。張飛《ちょうひ》も孔明《こうめい》も夏花《かか》も蒼太《そうた》も、ばたばたと倒《たお》れた。

「みなさん、しっかりしてください！」

紅蘭《こうらん》の悲痛《ひつう》な叫《さけ》び声が、けむりの中にこだました。

「ふふ。おれさまのけむりを吸《す》って無事《ぶじ》だったやつは、ひとりもいないわさ」

蝦蟇《がま》はにやりとわらった。

「どれ、ひとりずついただくとするか」

そのとき、孔明《こうめい》の手ににぎられていた剣《けん》が、その手をはなれてすっと宙《ちゅう》にうかんだ。刀身が青く光りかがやいた。すると、黄色いけむりが渦《うず》をまいて刀身にからみつき、すーっと吸《す》いこまれていった。

黄色いけむりを吸《す》いこみつくすと、刀身の青い光がさらにかがやきをました。いい香《かお》りが部屋にただよいだした。その香《かお》りをかいで、倒《たお》れていた者たちがつぎつぎに起き上がった。みんな、すっきりとした顔つきをしていた。すると剣《けん》は、なにごともなかったかのように、孔明《こうめい》の手におさまった。

「な、なんだ。どうしたんだ?」

蝦蟇《がま》は、なにがなんだか分からずに、ぼうぜんとしていた。

「くそっ」

ようやく我《われ》に返った蝦蟇《がま》は、ふたたび頬《ほお》をふくらませ、けむりを吐《は》こうとした。

「そうはさせるか！」

孔明《こうめい》がおどりこんで、勢《いきお》いよく剣《けん》をふるった。

「あわわっ」

あやうくよけた蝦蟇《がま》めがけて、孔明《こうめい》の剣《けん》がふたたび襲《おそ》った。蝦蟇《がま》はぴょーんと大きくとびはねて、孔明《こうめい》の背後《はいご》におり立った。孔明《こうめい》はすばやくふりむいて、剣《けん》をふり上げた。

かなわないと思ったのか、蝦蟇《がま》はぴょんぴょん飛《と》びはねながら、扉《とびら》のほうに向かった。

「張飛《ちょうひ》さん、逃《に》がさないで！」

夏花《かか》が叫《さけ》んだ。扉《とびら》ぎわでちぢこまっていた張飛《ちょうひ》は、夏花《かか》の叫《さけ》び声ではっと顔を上げ、蝦蟇《がま》が自分のほうに向かってくるのを見た。

「わあっ」

なにを思ったのか、張飛《ちょうひ》は、目をつぶって蝦蟇《がま》に向かって突進《とっしん》した。張飛《ちょうひ》の頭

と蝦蟇《がま》の頭がはげしくぶつかりあった。

「ぐぉっ」

「ぐえっ」

ふたりともひっくりかえって目をまわし、のびてしまった。

「今よ、蒼太《そうたい》！」

夏花《かか》の声が飛《と》んだ。

「おう！」

蒼太《そうたい》は、ひっくりかえった蝦蟇《がま》にかけよると、〝角〟に手をかけた。そのとたん、角はポロリとおち、同時に部屋がまっ暗になった。

はっと気がつくと、蒼太《そうたい》は、月明かりに照《て》らされて、井戸《いど》のわきに立っていた。となりには夏花《かか》がいて、井戸《いど》をはさんだ向かい側《がわ》に孔明《こうめい》が立っている。

「どうなってんの、いったい」

夏花《かか》が首をかしげた。

「紅蘭《こうらん》がいったように、角がとれて蝦蟇《がま》の妖力《ようりょく》が消えたようだね。それで、みんなもとにもどったのだ」

孔明《こうめい》がいって、手に持っていた蒼竜剣《そうりゅうけん》を鞘《さや》におさめた。

「おーい、ここはどこだ。おれはなんでこんなところにいるんだ」

少しはなれたところで、太い声がした。見ると、張飛《ちょうひ》が半身を起こして、あたりをきょろきょろ見まわしている。

「なにがなんだか、さっぱりわからん」

張飛《ちょうひ》は、頭をふりながら、起き上がった。

「なんだ、これは」

足もとにころがっていたものに気がついて、ひろい上げた。一ぴきの蝦蟇《がま》だった。

「あら、それ、妖怪《ようかい》の蝦蟇《がま》よ、きっと」

夏花《かか》がいった。

「なんだと。くそっ。こいつがおれたちをまどわしていたのか。いまいましいやつめ。こうしてやる！」

張飛《ちょうひ》は、大きな手で蝦蟇《がま》をにぎりつぶそうとした。

「およしなさい、張飛《ちょうひ》どの」

孔明《こうめい》が止めた。

「そいつは、妖力《ようりょく》をなくして、ただの蝦蟇《がま》になってしまったんです。もう人をまどわすようなことはしないでしょう。はなしてやったら」

「ふん。まあ、いいか。助けてやるから、いつかおれたちに恩返《おんがえ》しをしろよ」

張飛《ちょうひ》は鼻を鳴らして、蝦蟇《がま》をぽいとほうりなげた。蝦蟇《がま》は、張飛《ちょうひ》のことばがわかったように、ぺこりと頭をさげると、ぴょんぴょんと飛《と》びはねながら暗闇《くらやみ》に消えた。

そのとき、井戸《いど》の中からすーっと人影《ひとかげ》がでてきて宙《ちゅう》にうかんだ。紅蘭《こうらん》だった。

「みなさん、ありがとうございました」

紅蘭《こうらん》は、両手をそでの中に入れて、深々と頭をさげた。

「あなたは、もとにもどったんじゃないの？」

夏花《かか》が聞いた。

「いいえ。蝦蟇《がま》はわたしをだましていたのです。わたしの体はとっくになくなっていて、もうもどることはできません」

紅蘭《こうらん》は、悲しげに首をふった。

「でも、いいのです。みなさんのおかげで、これまでの罪《つみ》ほろぼしができましたから。わたしは、これから閻王《えんおう》（閻魔《えんま》）の裁《さば》きを受けにまいります。蝦蟇《がま》がいなくなったので、井戸《いど》の水は昔のとおりになりました。屋敷《やしき》の人にお伝《つた》えください。では、ごきげんよう」

それだけいうと、紅蘭《こうらん》はふっと消えた。

「これで一件落着《いっけんらくちゃく》だ。さあ、もどってもう一度寝《ね》なおすとしよう」

張飛《ちょうひ》が大きなあくびをした。

「それにしても、張飛《ちょうひ》どの。妖怪《ようかい》が苦手のあなたが、あそこでよく蝦蟇《がま》に突進《とっしん》できましたね」

孔明《こうめい》がいった。

「いや、あのときおれは、あっちが出口だと思い、妖怪《ようかい》を見ないように目をつぶって、無我夢中《むがむちゅう》で逃《に》げだしたんだ。そこへ、蝦蟇《がま》が向こうからぶつかってきただけなのさ」

張飛《ちょうひ》はにがわらいして、頭をかいた。

「自分で妖怪《ようかい》さわぎを起こして、自分で始末《しまつ》をつけたってわけね」

夏花《かか》が皮肉《ひにく》った。

蒼太《そうたい》は井戸《いど》をのぞいてみた。

暗い水面に、丸い大きな月がくっきりとうかんでいた。

狼《おおかみ》婆《ばば》を助けよう

一

火はパチパチと勢《いきお》いよく燃《も》えていた。張飛《ちょうひ》と夏花《かか》と蒼太《そうたい》が火のまわりに腰《こし》をおろし、ゆらめく炎《ほのお》を見つめている。孔明《こうめい》は、少しはなれたところで横になり、火に背《せ》を向けていた。まわりには夜のこい闇《やみ》が立ちこめている。

その日、孔明《こうめい》は朝から体調がよくなかった。前の夜食べたものがあたったらしく、くりかえし襲《おそ》ってくる腹痛《ふくつう》に悩《なや》まされていた。馬に乗っていても、体をふたつにおるくらいに苦しみ、そのたびに休まなければならなかった。

あいにくなことに、さしかかったところは山道で、人家もなかった。山を越《こ》えればどこかの村にでられるかもしれなかったが、山中を休み休み行くうちに日が暮《く》れてしまい、しかたなく夜営《やえい》することにしたのだった。

木立の中に空き地を見つけると、馬とロバを近くの木につなぎ、小枝《こえだ》をひろい集めて火をつけた。さいわい、腹痛《ふくつう》が少し弱まったので、孔明《こうめい》を横にならせ、三人で火をかこんだのだった。

「大丈夫《だいじょうぶ》かなあ、孔明《こうめい》さん」

蒼太《そうたい》が、寝入《ねい》っている孔明《こうめい》を見やった。

「なに、心配はいらん。この程度《ていど》でくたばるようでは、軍師《ぐんし》はつとまらんわ」

張飛《ちょうひ》は、つきはなすようにいった。

「ねえ、孔明《こうめい》さんって、ほんとにすごい人なの?」

夏花《かか》が聞いた。まだそのことにこだわっているようだ。

「もちろんだ」

張飛《ちょうひ》はうなずいた。

「孔明軍師《こうめいぐんし》がいなければ、おれたちはとっくに曹操《そうそう》にほろぼされていただろう」

もっとも——と、張飛《ちょうひ》はつけくわえた。

「はじめのうちは、おれも関羽《かんう》も、こんな若造《わかぞう》になにができるかと、ばかにしていた。それに、劉備《りゅうび》の兄上がおれたちよりも孔明軍師《こうめいぐんし》を重く用いるのもおもしろくなかった。そんなところへ、曹操《そうそう》の軍勢《ぐんぜい》十万がおしよせてきた——」

そのころ劉備《りゅうび》は、新野《しんや》というところを根拠地《こんきょち》にしていた。軍勢《ぐんぜい》はわずかに三千しかなかった。そこへ十万の敵《てき》に襲《おそ》いかかられては、ひとたまりもない。しかも、全軍《ぜんぐん》を指揮《しき》する軍師《ぐんし》は、実戦《じっせん》の経験《けいけん》もないまだ二十代の若者《わかもの》なのだ。だれもが大きな不安を抱《いだ》いた。

しかし、孔明《こうめい》は動じなかった。さっそく関羽《かんう》や張飛《ちょうひ》をはじめとする諸将《しょしょう》を集めて、作戦《さくせん》をさずけた。

その孔明《こうめい》の作戦《さくせん》とは――。

「新野《しんや》の北方に博望坡《はくぼうは》とよばれるけわしい坂があってな、そのふもとにはせまい山道をはさんで山と林がある。関羽《かんう》が山、おれが林にそれぞれ一千の兵《へい》をひきいて、ひそむ。一方、博望坡《はくぼうは》の後方には、火薬を用意した五百の兵《へい》を待ちぶせさせて、敵《てき》がやってきたら火攻《ひぜ》めにする。

残《のこ》る五百の兵《へい》は、敵《てき》の正面に討《う》ってでて、負けたふりをして逃《に》げ、敵《てき》をせまい山道にさそいこむ。関羽《かんう》とおれは、目の前の敵《てき》をやりすごし、博望坡《はくぼうは》で火の手が上がったら、ただちに討《う》ってでる――という作戦《さくせん》だ」

頭の中だけならともかく、実際《じっさい》にはそんなうまいぐあいにいくはずがないと、だれもが孔明《こうめい》の作戦《さくせん》を疑《うたが》った。おまけに孔明《こうめい》が、自分は新野《しんや》の城《しろ》で、戦勝《せんしょう》の祝宴《しゅくえん》の支度《したく》をして諸将《しょしょう》の帰りを待っていると、自信たっぷりにいったものだから、おれたちを命がけの戦《いくさ》にかりだし、自分は安全なところでのうのうとしているのかと、張飛《ちょうひ》などは怒《いか》りくるった。

しかし、ほかにいい考えもなく、とにかく孔明《こうめい》のいうとおりにしてみようと、諸将《しょしょう》は配置《はいち》についた。

そして、戦《たたか》いがはじまった。

「おれは、一千の兵《へい》をひきいて、博望坡《はくぼうは》のふもとの林にひそんだ。わざと負けて逃《に》げだしたわが軍《ぐん》を追って曹操軍《そうそうぐん》がやってきたのは、日もとっぷりと暮《く》れ、あたりに闇《やみ》が立ちこめたころだった。おれは、兵《へい》たちに物音ひとつ立てるなときびしく命じて、せまい山道にさそいこまれていく曹操軍《そうそうぐん》をやりすごした。山にひそむ関羽《かんう》の軍勢《ぐんぜい》も動かなかった。

あとからあとからやってくる曹操軍《そうそうぐん》を、じりじりしながらやりすごしていると、ようやく博望坡《はくぼうは》の後方でいっせいに火の手が上がったのが見えた。火は折《おり》からの風にあおられて、あっというまに燃《も》えさかった。おれは、『よし、今だ、行け！』と、林から討《う》ってでた。ほとんど同時に、山から関羽《かんう》の軍勢《ぐんぜい》が攻《せ》め下ってきた。

おれと関羽《かんう》に討《う》ってでられ、さらには火攻《ひぜ》めにあって、曹操軍《そうそうぐん》は大混乱《だいこんらん》におちいった。味方をふみつぶし、我先《われさき》に逃《に》げまどって、討《う》たれた者、焼《や》け死んだ者は数知れなかった。曹操軍《そうそうぐん》は、しっぽをまいて都に逃《に》げもどった。おれたちの大勝利《だいしょうり》だった」

戦《たたか》いが終わって、張飛《ちょうひ》をはじめ諸将《しょしょう》が新野《しんや》の城《しろ》にもどると、祝宴《しゅくえん》の準備《じゅんび》がすでにととのっていた。すべてが、孔明《こうめい》のことばどおりに運んだのだった。

「それからは、孔明軍師《こうめいぐんし》のいうことを疑《うたが》う者は、だれひとりとしていなかった。孔明軍師《こうめいぐんし》は、おれたちにとって、かけがえのない人になったんだ」

張飛《ちょうひ》は、小枝《こえだ》をたき火につっこみながら、話を終えた。

「ふうん。そうだったんだ」

夏花《かか》は、納得《なっとく》したようにうなずいた。

蒼太《そうたい》はその話は知っていたが、張飛《ちょうひ》から直接《ちょくせつ》聞くと、やはり感動した。けれど、それにしては張飛《ちょうひ》が孔明《こうめい》にぞんざいな態度《たいど》を取るのが、不思議《ふしぎ》だった。

そのとき、立木につないである馬とロバが、急にさわぎだした。おびえたような鳴き声を上げ、さお立ちになって宙《ちゅう》を蹴《け》っている。

「なにか来たようですね」

孔明《こうめい》が目をさまして、半身を起こした。

と、闇《やみ》の中に金色の目が光った。ふたつ、四つ、六つ、八つ……。

「狼《おおかみ》だ」

張飛《ちょうひ》が、蛇矛《じゃぼう》を手にして身がまえた。

「火を絶《た》やすな」

蒼太《そうたい》と夏花《かか》は、あわてて小枝《こえだ》を火にくべた。炎《ほのお》がぱっと燃《も》え上がった。

「おれの蛇矛《じゃぼう》を獣《けもの》の血でよごすわけにはいかん。たたきのめしてやるわ」

火を背《せ》にした張飛《ちょうひ》は、蛇矛《じゃぼう》を逆手《さかて》に持つと、闇《やみ》に向かって叫《さけ》んだ。

「さあ、こい！」

叫《さけ》びに応《おう》ずるかのように金色の目が動き、闇《やみ》の中から一頭の狼《おおかみ》がおどりでてきた。牙《きば》をむきだして張飛《ちょうひ》に飛《と》びかかった。蛇矛《じゃぼう》がすばやく動き、狼《おおかみ》はたちまちたたきふせられた。

つづいて二頭、三頭とおどりでてきたが、いずれも蛇矛《じゃぼう》でたたきふせられ、あっという間に四頭の狼《おおかみ》が張飛《ちょうひ》のまわりにころがった。

「とっとと失《う》せろ」

張飛《ちょうひ》が、蛇矛《じゃぼう》の柄《え》の先で腹《はら》や足をたたくと、狼《おおかみ》たちはよろよろと起き上がり、しっぽを垂《た》れて足をひきずりながら闇《やみ》に消えていった。

「ふん。口ほどにもない狼《おおかみ》どもだ」

張飛《ちょうひ》はあざわらった。すると、闇《やみ》の中からしわがれた声が聞こえてきた。

「あんた、強いのう」

「だれだ！」

張飛《ちょうひ》はふたたび蛇矛《じゃぼう》を構《かま》えた。夏花《かか》も蒼太《そうたい》も孔明《こうめい》も、じっと闇《やみ》を見すえた。

「わしか」

闇《やみ》をわけるようにして、全身白い毛におおわれた一頭の狼《おおかみ》が姿《すがた》をあらわした。やせて骨《ほね》ばり、白い毛もところどころはげている。年取った狼《おおかみ》のようだ。首にひもをかけていて、ひもの先には、小さなふくろがさがっていた。

「わしは、狼婆《おおかみばば》じゃ」

白い狼《おおかみ》は、しわがれ声でいった。

「き、きさま、人語《じんご》をしゃべるのか」

張飛《ちょうひ》がぶるっとふるえた。

「さては、よ、妖怪《ようかい》か⁉」

「まあ、そんなようなものじゃ」

狼婆《おおかみばば》はうなずいた。

「どうしたな、豪傑《ごうけつ》。狼《おおかみ》には強いが、妖怪《ようかい》には弱いのかの」

「う、うるさい。妖怪《ようかい》に用はない。さっさと消えろ！」

張飛《ちょうひ》は蛇矛《じゃぼう》をかまえながら、じりっとあとずさりした。

「まあ、そういうな。これでも

親切ででてきてやったんじゃから」

「親切でって、どういうこと？」

張飛《ちょうひ》にかわって、夏花《かか》が前にでた。

「そっちの若《わか》い人のことだよ」

狼婆《おおかみばば》は、孔明《こうめい》に向かってあごをしゃくった。

「どうやらぐあいが悪そうじゃないか。こんなところにいたら、悪くなるばかりじゃ。で、薬と飯《めし》と寝床《ねどこ》を用意してくれるところに案内《あんない》してやろうと思ってな」

「ふん。妖怪《ようかい》のいうことなんぞ、あてになるもんか」

張飛《ちょうひ》がぷっとつばを飛《と》ばした。

「どうせ、おれたちをどこかへひきずりこんで、食っちまうつもりだろう」

「ふふ。これでもわしがあんたたちを食えると思うのかい？」

狼婆《おおかみばば》は、大きく口をあけて、歯をむきだした。歯は何本も欠《か》けていて、口の中はすかすかだった。

「薬があれば助かるんじゃない？」

蒼太《そうたい》は、狼婆《おおかみばば》は信用《しんよう》できるような気がした。

「ねえ、孔明《こうめい》さん」

「そうだな」

孔明《こうめい》は弱々しくうなずいた。

「とにかく、この腹痛《はらいた》を早く治《なお》したい」

「じゃあ、せっかくだから、狼婆《おおかみばば》さんのお世話になりましょ」

夏花《かか》がいった。

「それがよい。なに、そんなに遠いところではないから、しばらくのしんぼうじゃ。わしについてきなされ」

そういって、狼婆《おおかみばば》は背《せ》を向けた。

二

馬は孔明《こうめい》を乗せて張飛《ちょうひ》がひき、ロバは蒼太《そうたい》がひいた。夏花《かか》はペンライトをつけて、蒼太《そうたい》の前を行った。こっちの世界に来るときに、信助《しんすけ》のおじいさんの佐山博《さやまはか》士《せ》から渡《わた》されたものだ。

山道はせまく、くぼみや石がうまっているところがけっこうあって、歩きにくいうえにつまずきやすい。戦場《せんじょう》を行き来している張飛《ちょうひ》は、こんな道には慣《な》れているのか、ふだんの足どりでのっしのっしと歩いていく。夜目もきくようだ。

蒼太《そうたい》と夏花《かか》はそうはいかない。木立のあいだから月の光がもれてくるが、足もとまではとどかない。ペンライトの光だけがたよりだから、何度もつまずきそうになった。

「足もとに気をつけなされ」

先頭に立った狼婆《おおかみばば》は、ときどきうしろをふりかえって注意した。

そうやって半時《はんとき》（一時間）ばかり山中を歩くと、ふいに木立が切れて、目の前がひらけた。そこはがけの上で、目の下に黒っぽい屋根が、月の光をあびてかさなりあっていた。

「この村に、わしの孫《まご》がいる」

狼婆《おおかみばば》がいった。

「わしは、ひとめ孫《まご》に会いたくて、遠い山からやってきたんじゃが、会えずにもどらなければならんようじゃ」

「どうして?」

夏花《かか》がたずねた。

「村の入り口に、呪《まじな》い札《ふだ》が取りつけてあっての、わしらのようなもんははいれないんじゃ。それに、この山ではわしはよそ者で、見つかったら殺されかねないんじゃよ。だから、そろそろもとのところにもどらなければならんのじゃ」

狼婆《おおかみばば》は、さびしそうに答えた。

「それはともかく、あんたたちの行く家は、村のはずれにある陳《ちん》という家じゃ。大きな桑《くわ》の木が家の前に植わっておるから、すぐわかるじゃろう。わしの首にさがっているふくろを取ってくれんか」

「これだね」

蒼太《そうたい》が、狼婆《おおかみばば》の首からひもをはずして、ふくろを取った。てのひらにのるくらいの小さなふくろで、すりきれてはいるが、龍《りゅう》のもようのししゅうがしてあった。

「それを家の者に見せて、わしのことを話せば、親切にしてくれるはずじゃ。ではな」

狼婆《おおかみばば》は、くるっと背《せ》を向けて、走りさった。

「なかなか親切な妖怪《ようかい》だ。妖怪《ようかい》がみんなあんなふうだといいんだがな」

張飛《ちょうひ》が、あとをふりかえりながら、ぼそりとつぶやいた。

がけには細い道がついていて、下におりられるようになっていた。張飛《ちょうひ》が慎重《しんちょう》に馬をひいて下り、夏花《かか》と蒼太《そうたい》があとにつづいた。

がけをおりてしばらく行くと、村の門があった。門をくぐり、寝《ね》静《しず》まった村の中を通りすぎ、はずれまで来た。狼婆《おおかみばば》のいったとおり、大きな桑《くわ》の木が一本夜空にそびえていて、そのうしろに一軒《けん》の家があった。

「こんばんは、こんばんは」

夏花《かか》が何度か戸をたたいたが、起きてくるようすはない。

「おれがやってみよう」

夏花《かか》にかわって、張飛《ちょうひ》がどんどんと家がゆれるほど強く戸をたたき、

「起きろ、起きろ、起きないか！」

と、破《わ》れ鐘《がね》のような声でどなった。

たちまち家の中が明るくなり、四十歳《さい》ぐらいの男が、灯《あか》りを持ってそろそろと

戸をあけた。

「どなたさまでしょうか」

男は、おびえたように張飛《ちょうひ》を見上げた。

「おたくは、陳《ちん》さんですね？」

夏花《かか》がたしかめた。

「ええ。そうですけど――」

「よかった。急病人がでて、困《こま》っています。ごめいわくでしょうけど、今晩《こんばん》ひと晩《ばん》、泊《と》めていただけないでしょうか」

「さあ」

陳《ちん》は、張飛《ちょうひ》をちらちら見ながら、おそるおそる首をふった。

「あいにく、せまいもんで、お泊《と》めできる部屋がありません」

「あのう、これをあずかってきたんですけど」

蒼太《そうたい》が、狼婆《おおかみばば》の小ぶくろを陳《ちん》に見せた。

陳《ちん》はいぶかしげにさしだされた小ぶくろに目をそそいだが、つぎの瞬間《しゅんかん》、顔色を変《か》えて蒼太《そうたい》の手からひったくった。

「こ、これを、ど、どこで？」

「じつは、山の中で白い狼《おおかみ》に出合って……」

蒼太《そうたい》が説明《せつめい》しようとすると、陳《ちん》はあわてて手をふり、

「と、とにかく、はいってください。話は中で聞きます」

と、なにかを恐《おそ》れるように、あたりを見まわしながらうながした。

裏庭《うらにわ》の立木に馬とロバをつなぎ、みんなは家にはいった。部屋がないといったのは断《ことわ》る口実だったらしく、あいている部屋がひとつあり、そこへ孔明《こうめい》を寝《ね》かせて薬をあたえると、陳《ちん》は蒼太《そうたい》と夏花《かか》と張飛《ちょうひ》を居間《いま》に案内《あんない》した。陳《ちん》の妻《つま》らしい女が茶をいれて三人にくばった。

「さあ、聞かせてください、この小ぶくろを手にいれたわけを――」

三人がお茶を飲みおえると、陳《ちん》は、小ぶくろをしっかりと手に握《にぎ》って、待ちかねたようにうながした。

蒼太《そうたい》が、狼婆《おおかみばば》に出合ったいきさつから、小ぶくろを受け取ったところまで話しおえると、陳《ちん》はぼろぼろとなみだを流し、妻《つま》は着物のそでで目をぬぐった。

「これは、わたしのおふくろの守りぶくろです。あなたがたが出合った白い狼《おおかみ》は、

わたしのおふくろにちがいありません」

なみだをぬぐって、陳《ちん》は話しはじめた。

陳《ちん》の母親は七十歳《さい》で、親切でやさしく、だれからも好《す》かれていた。ふたりの孫《まご》をかわいがり、孫《まご》も「婆《ばば》、婆《ばば》」となついていた。

ところが、三年前、とつぜん両腕《りょううで》に白い毛が生えはじめた。

「どうしたんだろうねえ」

首をひねっていると、白い毛は腕《うで》だけではなく、腹《はら》や胸《むね》、背中《せなか》、手や足にもしだいにひろがっていった。

なにかの病気かと思ってさまざまな薬を飲んだり、ぬったりしてみたが、効《き》き目はない。そうこうしているうちに、それまではしゃんとしていた背中《せなか》や腰《こし》がまがり、立って歩けなくなってしまった。

そして、ある日のこと。

母親の部屋でうめき声がするので、行ってみると、全身長さ一寸《すん》(三センチ)ばかりのふさふさとした白い毛におおわれ、しっぽを生やした母親が横たわってうめいていた。

おどろいて見ていると、母親の顔が変《か》わりはじめた。体と同じように顔いちめんに白い毛が生えてきたかと思うと、耳がぴんと立ち、鼻がきゅうーっと長くのびた。口が左右に大きく裂《さ》け、白くとがった歯がむきだしになった。手足の爪が長くのび、かぎのようにまがった。

うめき声がやんだ。母親はすっと四本の足で立ち上がった。そこにいた

のは、一頭の白い狼《おおかみ》だった。狼《おおかみ》は、金色の目を光らせると、さっと部屋を飛《と》びだし、そのままどこへともなくかけさっていった。

それからひと月ばかりのち。

ある夜、がりがりと戸をひっかく音とともに、

「わしだよ、あけておくれ」

という声がした。

「おふくろ！」

おどろいて陳《ちん》が戸をあけると、目の前に白い狼《おおかみ》が立っていた。首に、母親がつけていた守りぶくろをさげている。

「わしは、狼婆《おおかみばば》という妖怪《ようかい》になってしまった。たぶん、前世でなにか悪業《あくごう》（悪い行い）をしでかして、そのむくいを受けたんじゃろう。こんな姿《すがた》をひとに見られたくなかったので、遠い山に逃《に》げたが、お前たちに会いたくて、もどってきた」

狼《おおかみ》は、陳《ちん》や妻《つま》、ふたりの孫《まご》たちを前にして、そう語った。陳《ちん》と妻《つま》は泣《な》き、ふたりの孫《まご》は、「婆《ばば》、婆《ばば》」と、狼《おおかみ》にすがりついた。

狼婆《おおかみばば》は、それからひと月か半月ごとにみんなに会いにやってきた。ところが、

それを知った近所の者たちが、妖怪《ようかい》が村にいるのをきらい、刀や弓矢で殺そうとした。それでも狼婆《おおかみばば》は、夜こっそり会いにきた。そこで村の人たちは、妖怪封《ようかいふう》じのお札《ふだ》を村の門に取りつけた。それで、狼婆《おおかみばば》は村にはいれなくなってしまったのだった。

それっきり、狼婆《おおかみばば》は村に姿《すがた》を見せなくなった。

「それから三年、おふくろはどこでどうしているかと、考えない日は一日とてありませんでした。それが、こんな近くまで来ているとは――。ひと目でもいいから会いたい……」

陳《ちん》は、なみだをあふれさせた。妻《つま》ももらい泣《な》きしている。

部屋には、いつの間に来たのか、八歳《さい》ぐらいの女の子と六歳《さい》ぐらいの男の子がいた。狼婆《おおかみばば》の孫《まご》だろう。

「婆《ばば》に会いたいよう」

「婆《ばば》に会いたいよう」

話を聞いていたのか、ふたりは大きな声で泣《な》き叫《さけ》んだ。

三

「蒼太《そうたい》、相談があるの」

あくる朝、夏花《かか》がなにか考えこんだようすで、蒼太《そうたい》に声をかけた。

「なんだい」

「今日一日、出発をのばしたいんだけど」

「どうしてさ」

「だって、狼婆《おおかみばば》さんがかわいそうじゃないの。せっかく家の近くまで来てるのに、家族の人たちに会えないなんて」

夏花《かか》は、くすんと鼻を鳴らした。

「だから、助けてあげたいのよ」

「どうやって助けるんだい」

「かんたんよ。村の門に取りつけてあるっていうお札《ふだ》を、あたしたちが、今夜、こっそりはずしておいてやれば、狼婆《おおかみばば》さん、村にはいれて、お孫《まご》さんたちに会えるじゃない。お札《ふだ》は狼婆《おおかみばば》さんが帰ったあと、もとどおり取りつけておけばいいし」

「だけど、狼婆《おおかみばば》は、そろそろもとのところにもどるっていってなかったっけ」

「だから、急いで山へ行って、会って話さなければならないのよ。ね、そうしてあげようよ」

「そうだなあ」

蒼太《そうたい》は考えこんだ。もちろん、蒼太《そうたい》も狼婆《おおかみばば》に力を貸《か》してやりたい。けれど、この旅はただの旅ではない。早く呉《ご》の国に着いて、赤壁《せきへき》の戦《たたか》いの準備《じゅんび》をしなくてはならないのだ。孔明《こうめい》も張飛《ちょうひ》も、なんだかのんびりしているとはいえ、一日むだにするのは、やはりまずいにちがいない。

「とにかく、孔明《こうめい》さんと張飛《ちょうひ》さんに話をしてみよう」

蒼太《そうたい》はいった。

「だめだといったら、あたしだけあとにのこるからね」

夏花《かか》は、そういって、きゅっとまゆを上げた。絶対《ぜったい》に自分の意思を通すつもりのようだ。

ふたりは、孔明《こうめい》と張飛《ちょうひ》に話をした。

「ちょうどいい。わたしもまだ完全《かんぜん》に体調がもどってないから、もう一日ゆっくりしたいと思っていたところだ」

「あの妖怪《ようかい》は、おれたちに親切にしてくれたから、恩返《おんがえ》しをするのもいいかもしれん」

話を聞いた孔明《こうめい》と張飛《ちょうひ》は、拍子抜《ひょうしぬ》けするほどあっさりと、出発をのばすのを承《しょう》知《ち》してくれた。

——これでいいのかなあ。

ふたりの態度《たいど》に、蒼太《そうたい》はちょっぴり不安になったが、とにかく狼婆《おおかみばば》を助けることができそうなので、ほっとした。

朝ご飯《はん》を食べたあと、夏花《かか》と蒼太《そうたい》は、山に向かった。ゆうべのがけをのぼって山にはいると、

「狼婆《おおかみばば》さーん！」

「狼婆《おおかみばば》さーん！」

とよびながら、ゆうべの道をたどっていった。とりあえずゆうべの空き地まで行っ

てみるつもりだった。その途中《とちゅう》で狼婆《おおかみばば》に出合えるかもしれない。

「狼婆《おおかみばば》さーん、どこにいるのう。でてきてちょうだーい！」

「話があるんだあ。とってもいい話だあ。お孫《まご》さんに会えるぞう！」

ふたりは、かわるがわるよびかけながら、歩きつづけた。

半時《はんとき》（一時間）ほどそうやって山中を歩いていくと、とつぜん行く手が大きな岩でふさがれてしまった。

「こんな岩、ゆうべはなかったわよねえ」

夏花《かか》が蒼太《そうたい》をふりかえった。

「ああ」

蒼太《そうたい》はうなずいた。

「途中《とちゅう》で道をまちがえたんだ」

「もどりましょう」

ふたりは、来た道をもどりはじめた。

ところが、右にまがり、左に折《お》れたりしているうちに、また道をまちがえたらしく、けもの道のような細い道にでてしまった。

「この道もちがうみたいだ。どうしよう」

「とにかく、進むしかないわよ」

ふたりは、不安な顔を見あわせながら、その道をそろそろと進んでいった。

しばらく行くと、樹林《じゅりん》にかこまれた空き地にでた。

「ここよ。ほら、見て！」

夏花《かか》が叫《さけ》んで、空き地の中ほどにかけよった。昨夜《さくや》のたき火のあとが残っている。狼婆《おおかみばば》は、きっと、この近くにいるにちがいない。

「狼婆《おおかみばば》さーん」

「狼婆《おおかみばば》さーん！」

ふたりは声をそろえて叫《さけ》んだ。

すると、前方のしげみがガサッとゆれた。

「狼婆《おおかみばば》さん？」

夏花《かか》が声を上げた。

だが、しげみからあらわれたのは、狼婆《おおかみばば》とはちがう狼《おおかみ》だった。

「こっちもだ！」

蒼太《そうたい》が、うしろをふりかえって叫《さけ》んだ。そっちのしげみからも、狼《おおかみ》がでてきた。つづいて左右のしげみがゆれ、二頭の狼《おおかみ》が姿《すがた》をあらわした。

蒼太《そうたい》と夏花《かか》は、たちまち前後左右を四頭の狼《おおかみ》に取りかこまれた。片目《かため》がつぶれていたり、耳がちぎれていたり、足をひきずったり、どの狼《おおかみ》も体のどこかしらに傷《きず》を負っていた。どうやら、昨夜張飛《さくやちょうひ》にたたきふせられた狼《おおかみ》たちのようだ。

狼《おおかみ》たちは、牙《きば》をむきだし、うなり声を上げながら、じりじりと輪《わ》をせばめてきた。夏花《かか》と蒼太《そうたい》は、ふるえ上がって体をよせあった。

一頭の白い狼《おおかみ》が左手のしげみから飛《と》びだしてきたのは、そのときだった。

「狼婆《おおかみばば》！」

「狼婆《おおかみばば》さん！」

狼婆《おおかみばば》は、狼《おおかみ》たちの輪《わ》を飛《と》びこえて、夏花《かか》と蒼太《そうたい》の前におり立った。

「大丈夫《だいじょうぶ》。わしにまかせなさい」

狼婆《おおかみばば》は、安心させるようにいうと、狼《おおかみ》たちに向きなおると、低《ひく》いうなり声を上げた。

四頭の狼《おおかみ》は、ばねじかけの人形のようにはね上がって、いっせいに狼婆《おおかみばば》に襲《おそ》いかかった。狼婆《おおかみばば》は、右に左に体をおどらせて攻撃《こうげき》をかわし、牙《きば》をむきだして反撃《はんげき》した。

組んずほぐれつのはげしい戦《たたか》いがしばらくつづいたが、四頭に一頭では勝負にならない。四頭の狼《おおかみ》がぱっと飛《と》びさがると、狼婆《おおかみばば》が血まみれで地面に倒《たお》れていた。狼《おおかみ》たちは、とどめを刺《さ》そうと、頭を低《ひく》くし尻《しり》を高く上げた。

そのとき、樹林《じゅりん》のあいだから鋭《するど》いほえ声が上がった。狼《おおかみ》たちは、はっとしたようにかまえをといた。右手のしげみがゆれて、すばらしく大きな狼《おおかみ》が姿《すがた》をあらわし

た。四頭の狼《おおかみ》は、頭をたれ、尾《お》をうしろ足のあいだにはさみこんだ。従《したが》うしるしだ。

大狼《おおおおかみ》は、ゆっくりと倒《たお》れている狼婆《おおかみばば》に歩みよった。じっと見おろし、ふた声み声、うなり声を上げた。狼婆《おおかみばば》が、頭を持ち上げて、うなり声を返した。すると大《おお》狼《かみ》は、向きをかえてその場をはなれ、しげみの中に歩みさった。四頭の狼《おおかみ》がそのあとにつづいてしげみに消えた。

蒼太《そうたい》と夏花《かか》は、金しばりがとけたように、狼婆《おおかみばば》にかけよった。

「大丈夫《だいじょうぶ》かよ」

「しっかりして」

ふたりは、血だらけの狼婆《おおかみばば》を抱《だ》き起《お》こした。

「なんの、これしきの傷《きず》」

狼婆《おおかみばば》は、よろよろと立ち上がると、ぶるんと体をふった。血が水滴《すいてき》のように飛《と》びちった。それから、舌でていねいに傷口《きずぐち》をなめはじめた。

「それより、あんたたちは、なんでまたのこのこ山にやってきたんじゃ」

傷《きず》をなめおえると、狼婆《おおかみばば》は、不審《ふしん》げにふたりを見やった。

「わしの教えた家が見つからなかったのかの」

「そうじゃないのよ。じつはね……」

夏花《かか》が首をふって、自分たちの計画を話して聞かせた。

「おお、おお、ありがたや、ありがたや」

狼婆《おおかみばば》の目からなみだがこぼれた。

「だから、夜になったら村の門のところまで来ていてほしいんだ」

蒼太《そうたい》がいった。

「でも、その傷《きず》で大丈夫《だいじょうぶ》かなあ」

「なんの、孫《まご》たち会えると思えば、どんな痛《いた》みにも耐《た》えられるわい」

「ねえ、狼婆《おおかみばば》さん。さっきの大きな狼《おおかみ》は、なんだったの？」

夏花《かか》が聞いた。

「あれは、この山の狼《おおかみ》の群《む》れの頭《かしら》じゃよ。よその山の狼《おおかみ》は、この山にははいれん。見つかれば殺されても文句《もんく》はいえんのじゃ。わしは、こっそりかくれて見つからないようにしておったんじゃが、一度あの頭《かしら》に見つかってしまった。わしは、事情《じじょう》を話した。すると頭《かしら》は、わしをあわれんで、殺さずに助けてくれた。そして、十日のあいだこの山にいていいといってくれた。そのかわり、十日をすぎたらかならず殺すといわれた。明日がちょうどその十日めで、明日じゅうに山からでていけと、さっきいわれたんじゃ」

「それで、なんて答えたの？」

「明日かならずでていきますと答えたんじゃよ。とにもかくにも、あんたたちのおかげで、孫《まご》に会えてもどれそうじゃ。こんなうれしいことはない。ありがとうよ」

狼婆《おおかみばば》は、何度もふたりに頭をさげた。

それからふたりは、村を見おろすがけの上まで、狼婆《おおかみばば》に送ってもらった。

「では、今夜ね」

「村の門のところで待っててるよ」

夏花《かか》と蒼太《そうたい》が念《ねん》をおすと、狼婆《おおかみばば》はうなずき、足をひきずるようにして、山に消えた。

四

その夜おそく、村人たちが寝静《ねしず》まったころ、夏花《かか》と蒼太《そうたい》、それに張飛《ちょうひ》の三人が陳《ちん》の家をそっとぬけだした。孔明《こうめい》は、陳《ちん》からもらった薬を飲んでねむっていた。

三人は、足音をしのばせて月明かりに照《て》らされた村を通りぬけ、村の門までやってきた。門といってもたいそうなものではなく、二本の朱《しゅ》ぬりの柱の上にかんたんなかわら屋根をのせただけのものだった。朱《しゅ》ぬりの柱はあちこちはげかけていて、まだらもようになっている。

その二本の柱のなかほどに、細長い木の札《ふだ》がそれぞれ打ちつけてあった。木札《きふだ》にはなにやら記号のような文字が墨《すみ》で書きつけてある。二枚《まい》とも同じ文字だ。

「こんなものが妖怪《ようかい》よけになるのかねえ」

張飛《ちょうひ》は首をかしげながら、二本の柱から木札《きふだ》を釘《くぎ》ごとひきはがした。張飛《ちょうひ》の手にかかれば、こんなことは朝飯前《あさめしまえ》だ。張飛《ちょうひ》にいっしょに来てもらったのは、このためだった。

「さてと。もう一度こいつを打ちつけなくちゃならんから、すてるわけにもいかんな。どこか、村の外の草むらにでもおいておくとするか」

張飛《ちょうひ》は門の外にでていき、しばらくしてもどってきた。

「狼婆《おおかみばば》はまだ来てないようだな」

蒼太《そうたい》と夏花《かか》はうなずいて、心配そうに門の向こうを見つめた。

「なにかあったのかな」

「もしかして、またほかの狼《おおかみ》に見つかって、襲《おそ》われたりして……」

村に通じる道は、七、八間《けん》ほどまっすぐのびていて、月明かりに照《て》らされていたが、その先は左にまがっていて見えなかった。

「まあ、もう少し待ってみよう」

なぐさめるように張飛《ちょうひ》がいったとき、まがり角にぽつりと黒い影《かげ》があらわれた。

「来た！」

「狼婆《おおかみばば》さんよ！」

影《かげ》は、青白い月明かりをあびながら、ゆっくりと門に近づいてきた。

「待たせてすまなかったの」

門の前まで来ると、狼婆《おおかみばば》は三人に頭をさげた。

「傷《きず》が少し痛《いた》んでの、休み休み来たもんじゃから」

「そうだったの。心配しちゃったわ」

「なにかあったかと思ったちゃった」

夏花《かか》も蒼太《そうたい》もほっとした。

「それで、村へはいれるんじゃろか」

狼婆《おおかみばば》は、首をのばして、不安げに村のほうをうかがった。

「大丈夫《だいじょうぶ》だ」

張飛《ちょうひ》がうなずいた。

「ほら、見てみろ。札《ふだ》は門からはずしてあるだろう」

「おお、ほんに。むすこも嫁《よめ》も、村の者に遠慮《えんりょ》して、札《ふだ》をはずせなかったんじゃ。見つかったら村を追いだされるでな。それでわしも、息子《むすこ》たちにめいわくをかけまいと、遠い山にさったんじゃよ」

話しながら、狼婆《おおかみばば》は村の中に足をふみいれた。一歩一歩たしかめるように歩いていく。

張飛《ちょうひ》が先頭を行き、蒼太《そうたい》と夏花《かか》が狼婆《おおかみばば》の両側《りょうがわ》に立って、狼婆《おおかみばば》を隠《かく》すようにしながら、三人は村の中を進んでいった。

どの家も月明かりの中にひっそりとしずんでいて、物音ひとつしない。それでも用心して足音をしのばせ、あたりに気をくばりながら、進みつづけた。

ようやく、陳《ちん》の家の前の桑《くわ》の木が見えてきた。ほっとしたとたん、少し先の家の戸ががらりと開いて、男がひとりでてきた。狼婆《おおかみばば》は、すばやく近くの物かげに走りこんだ。三人は、なにくわぬ顔で、そのまま歩きつづけた。

「おんや、陳《ちん》さんとこのお客人かね」

男は、近づいてくる三人を見て、いった。昼間、山からもどった蒼太《そうたい》と夏花《かか》は、村の中をぶらぶら歩いていたので、近所の者たちに顔を知られていた。

「こんな真夜中に、いったいどうしたんかね」

男は首をかしげた。

「あ、あの、あんまりお月さまがきれいなんで……ちょっと散歩《さんぽ》にでたんです」

夏花《かか》があわてていった。

「そうかね。月なんて、わしらには、めずらしくもなんともないが。物好《ものず》きだの」

男はあきれたようにいうと、通りをよこぎって立木にじゃあじゃあと小便《しょうべん》をひっかけ、もどってくると、

「ほな、おやすみ」

ぴょこんと頭をさげて、家の中にひっこんだ。

「あれは孫《そん》といって、わしのむすこの友だちでな、子どものころはようかわいがってやったもんじゃが、わしが狼《おおかみ》になってからは、村の者の先頭に立ってわしを追いだそうとしたものじゃ」

物かげから走りもどってきた狼婆《おおかみばば》が、悲しげにささやいた。

「まあ、人間いろいろあるからな。そういうやつもおるし、こうして妖怪《ようかい》のお前を孫《まご》に会わせようとする者もおる。世の中、それでもっておるんだ」

張飛《ちょうひ》が、ひげをしごきながら、いった。

陳《ちん》の家に着くと、夏花《かか》がほとほとと戸をたたいた。

「陳《ちん》さん、もどりました」

待ちかねたように戸がひらいた。狼婆《おおかみばば》が影《かげ》のようにするりとはいり、つづいて

蒼太《そうたい》たちがはいりおえると、陳《ちん》はまわりを見まわし、だれも見ていないのをたしかめてから、そっと戸をしめた。それから、狼婆《おおかみばば》に向き直った。

「おふくろ、達者《たっしゃ》だったか」

「お前もな」

陳《ちん》は腰《こし》をかがめて、狼婆《おおかみばば》を両手で抱《だ》いた。狼婆《おおかみばば》は頭を陳《ちん》の肩《かた》にすりよせた。

ふたりはしばらくそうやっていたが、やがて陳《ちん》が立ち上がった。

「行こう。みんな待ってる」

灯《あか》りのともった居間《いま》には、陳《ちん》の妻《つま》とふたりの子どもがいた。

男の子と女の子は、狼婆《おおかみばば》を見るなり走りよってきて、

「婆《ばば》、会いたかったよう」

「会いたかったよう、婆《ばば》」

と、むしゃぶりついた。

「わしもじゃ」

狼婆《おおかみばば》は、長い舌《した》でふたりの頬《ほお》をなめようとしたが、そこで気力がつきたのか、どたりと横倒《よこだお》しになった。昼間受けたいくつもの傷《きず》から血が流れだしていた。

蒼太《そうたい》と夏花《かか》も手伝《てつだ》って、それから狼婆《おおかみばば》の手当をした。お湯で傷口《きずぐち》をきれいにあらい、薬をすりこみ、布切《ぬのき》れで肩《かた》や腹《はら》、足に包帯《ほうたい》した。

手当を終えて布団《ふとん》に寝《ね》かせてやると、狼婆《おおかみばば》は、

「ああ、わしは幸せ者じゃ」

とつぶやいて、目をとじた。まくらもとでは、陳《ちん》と妻《つま》、そして子どもたちが、じっと見まもっている。

「行きましょう」

夏花《かか》が蒼太《そうたい》のそでをひき、まくらもとでじっと狼婆《おおかみばば》を見ま

もっている陳《ちん》と妻《つま》、子どもたちをのこして、そっと部屋をでた。

自分たちの部屋にもどると、孔明《こうめい》が目をさましていた。

「どうだった？」

心配そうに聞くので、夏花《かか》がようすを話してやると、

「それはよかった」

ほっとしたように笑《え》みをうかべた。孔明《こうめい》も気にしていたのだろう。

「よかった、よかった」

張飛《ちょうひ》もひげづらをほころばせた。

それから一時《いっとき》（二時間）ほどたったころ、陳《ちん》が蒼太《そうたい》たちのところにやってきた。

「このたびは、いろいろとありがとうございました」

陳《ちん》は両膝《りょうひざ》をつき、両手を胸《むね》の前で組み合わせて深々と頭をさげた。

「おかげさまで孫《まご》にも会えて、おふくろも感謝《かんしゃ》しております。そろそろ夜も明けますので、だれにも見られないうちに山にもどらなければなりません」

「わしらが門まで送っていこう。札《ふだ》をもとにもどしておかなければならんからな」

張飛《ちょうひ》がいった。

「わたしも行こう」

孔明《こうめい》が起き上がった。

「孔明《こうめい》さん、大丈夫《だいじょうぶ》？」

夏花《かか》が心配した。

「ああ。陳《ちん》さんの薬のおかげで、すっかりよくなったよ」

孔明《こうめい》は、にこりとわらった。

一同は、狼婆《おおかみばば》をかこむようにして、外にでた。手当を受け、孫《まご》たちとも再会できた狼婆《おおかみばば》は、元気を取りもどし、足どりもしっかりしていた。

やがて、村の門に着いた。張飛《ちょうひ》がお札《ふだ》を取りに行き、夏花《かか》と蒼太《そうたい》と孔明《こうめい》は、門の外まででて狼婆《おおかみばば》を見送った。

「元気でね」

「がんばって」

夏花《かか》と蒼太《そうたい》は、歩みさっていく狼婆《おおかみばば》に手をふった。

「本当にありがとうごぜえました。これで心おきなく山にもどれますじゃ」

狼婆《おおかみばば》は、何度も何度も頭をさげると、三人に背《せ》を向けて、とぼとぼと歩きだし

た。すると、

「ちょっと待って」

孔明《こうめい》が声をかけて、走りよった。そして、立ち止まった狼婆《おおかみばば》の耳に何事かささやいた。すると、狼婆《おおかみばば》が孔明《こうめい》に飛《と》びついて、顔をべろべろなめまわした。

「わかった、わかった」

孔明《こうめい》はわらいながら狼婆《おおかみばば》をひきはがした。

「さ、もう行きなさい」

狼婆《おおかみばば》は、さっきとはうってかわった軽い足取りで、小走りにさっていった。

「ねえ、狼婆《おおかみばば》さんになにをいったの？」

もどってきた孔明《こうめい》に、夏花《かか》がたずねた。

「じつはね――」

孔明《こうめい》が口をひらきかけたちょうどそのとき、張飛《ちょうひ》がもどってきた。

「やれやれ。さっきおいたところをわすれちまってな、さがしだすのに苦労《くろう》したぜ」

張飛《ちょうひ》はにがわらいして、手にしたお札《ふだ》をふりまわした。

「さてと、もう一度こいつを取りつけなくっちゃな」

「ああ、それはもう必要ありませんよ。燃《も》やしてしまえばいい」

孔明《こうめい》がいった。

「なぜだ。こいつを取りつけておかなくっちゃ、村のやつらにあやしまれるだろうが」

張飛《ちょうひ》が大きな目玉をぎょろりとさせた。

「そうよ」

「そうだよ」

夏花《かか》と蒼太《そうたい》も、なにをいっているんだといった顔つきで、孔明《こうめい》を見た。

「なに、こっちをつけておけばいいんだ」

孔明《こうめい》はそういって、ふところから二枚《まい》の木札《きふだ》を取りだした。二枚《まい》とも、張飛《ちょうひ》が手にしている呪《まじな》い札《ふだ》とそっくり同じだった。

「昼間、気分がよくなったので、夏花《かか》たちが山に行き、張飛《ちょうひ》どのが昼寝《ひるね》しているあいだに、陳《ちん》さんにたのんで、古い板を呪《まじな》い札《ふだ》と同じ大きさに切ってもらい、門まで行って、呪《まじな》い文字をそっくりまねて書いておいたのさ。ただし、一字だけ変えてね。墨《すみ》をうすめて、文字をかすれさせるのにちょっと苦労《くろう》したよ。これを本物のかわりに取りつけておけば、もう呪《まじな》いはきかない。そのことをさっき狼婆《おおかみばば》に教えてやったんだ。『孫《まご》に会いたくなったら、また来ればいい。ただし、くれぐれも村の者に見つからないように』ってね」

「うーむ。さすがに軍師《ぐんし》だ。おれたちとちがって、目先のことだけじゃなく、先々のことまで見すえておるわい」

張飛《ちょうひ》が、ひげをしごいてうなった。

「孔明《こうめい》さん、すてき！」

夏花《かか》が、うっとりと孔明《こうめい》を見上げた。

「い、いやあ、それほどでもないさ」

孔明《こうめい》は少年のように顔を赤くして、照《て》れた。

蒼太《そうた》は、そんな孔明《こうめい》を見ながら、たよりないようにみえるけど、やはり孔明《こうめい》には表にはあらわれない深い知恵がひそんでいるのだと思った。

――大丈夫《だいじょうぶ》。赤壁《せきへき》の戦《たたか》いはかならず実現《じつげん》する！

確信《かくしん》がわいてきた。空を見上げると、東の方が明るんでいた。

変《へん》顔《がん》を追いかけて（二）

「大きいねえ、おじいちゃん」

「うむ、大きい」

佐山信夫《さやまのぶお》と佐山博士《さやまはかせ》は、思わず声を上げた。ふたりの目の前には、銀色に光るドーム型《がた》の建物《たてもの》がそびえていた。N《エヌ》町の郊外《こうがい》に新しく建設《けんせつ》された妖怪刑務所《ようかいけいむしょ》だ。

二日前、信夫《のぶお》と博士《はかせ》は、三国志《さんごくし》の予言書《よげんしょ》の巻物《まきもの》をうばって逃《に》げた中国《ちゅうごく》の妖怪《ようかい》・変顔《へんがん》を追って、N《エヌ》町にやってきた。けれど、変顔《へんがん》は妖怪管理局《ようかいかんりきょく》の妖怪《ようかい》ハンターに捕《つか》まり、この妖怪刑務所《ようかいけいむしょ》にいれられてしまったのだ。

しかも、捕《つか》まえた妖怪《ようかい》の持ち物は、出所するまで刑務所《けいむしょ》であずかるのが規則《きそく》だということで、巻物《まきもの》は返してもらえなかった。博士《はかせ》は、妖怪管理局《ようかいかんりきょく》まで行って交渉《こうしょう》したが、うまくいかなかった。

一刻《いっこく》も早く巻物《まきもの》を取りもどさなければ、大変《たいへん》なことになる。佐山博士《さやまはかせ》は決心した。

「こうなったら、刑務所長《けいむしょちょう》と直接交渉《ちょくせつこうしょう》するしかない。こっそりお金を渡《わた》して、巻物《まきもの》を返してもらおう」

「ワイロってこと?」

「そうじゃ。見つかれば、ワイロを贈《おく》ったほうも受けとったほうも罪《つみ》になる。だが、たとえ罪《つみ》になろうとも、なんとしても歴史《れきし》を救《すく》わなければならんのじゃ」

佐山博士《さやまはかせ》は、きっぱりといいきった。

というわけで、今、ふたりは妖怪刑務所《ようかいけいむしょ》の前にいるのだった。

ふたりが刑務所《けいむしょ》に向かって歩きだそうとしたときだった。

「ちょっと、あんた、信助《しんすけ》じゃない」

だれかが信夫《のぶお》をよびとめた。ふりかえると、昔ふうの着物を着た女の人と、ひょっとこのお面のような顔をした男の子が少しはなれたところに立っていた。

「ろくろっ首のお六《ろく》さんに、火吹《ひふ》き小僧《こぞう》じゃないか！」

信夫《のぶお》はかけよった。江戸《えど》時代にタイムスリップしたときに出合った妖怪《ようかい》たちだ。一度、妖怪専用《ようかいせんよう》のタイムトンネルを通って、こっちの世界にやってきたこともある。

「どうしてこっちへ？」

「豆腐小僧《とうふこぞう》が、めんどうなことになっちまってね」

お六《ろく》が話しだした。豆腐小僧《とうふこぞう》なら、信夫《のぶお》も知っていた。蒼太《そうた》とお夏《なつ》と三人で、妖怪《ようかい》ハンターから助けてやったことがある。

「あいつ、ゆくえ不明の妹をさがしに、トンネルを通ってこっちへ来たんだけど、捕《つか》まってこの刑務所《けいむしょ》にいれられてしまったのさ。だから、あたしたちが助けに来たんだ。それより、あんたは、なんでこんなところにいるんだい」

「うん。それがね——」

信夫《のぶお》はわけを話した。

「ふーん」

話を聞いたお六《ろく》は、ちょっと考えていたが、火吹《ひふ》き小僧《こぞう》となにやらささやきあって、信夫《のぶお》に顔をもどした。

「あんた、あたしたちといっしょに刑務所《けいむしょ》にはいって、その、巻物《まきもの》とかを取ってくればいいんじゃない」

「えっ、おれが刑務所《けいむしょ》にはいるの？」

信夫《のぶお》は、おどろいて聞きかえした。

「そう。あたしと火吹《ひふ》き小僧《こぞう》は、わざと捕《つか》まって刑務所《けいむしょ》にはいるつもりなのさ。そして、火吹《ひふ》き小僧《こぞう》が火を吹いて火事さわぎを起こし、そのどさくさにまぎれて、豆腐小僧《とうふこぞう》を助けだすって寸法《すんぽう》さ。だから、あんたもあたしたちの仲間《なかま》のようなふりをして刑務所《けいむしょ》にはいって、さわぎのあいだに巻物《まきもの》をさがせばいい」

「そんなにかんたんにいくかなあ」

信夫《のぶお》が首をかしげた。

「警備《けいび》も厳重《げんじゅう》だろうし……」

「大丈夫《だいじょうぶ》だよ」

火吹《ひふ》き小僧《こぞう》がいった。

「この刑務所《けいむしょ》は、できたばっかりで、まだ警備体制《けいびたいせい》も十分にととのってないんだ。ほかの刑務所《けいむしょ》が満員《まんいん》なんで、とりあえず、害《がい》のない妖怪《ようかい》をいれておくことにしてるらしい。警備員《けいびいん》も新人が多いし、おれの火でもなんとかなるよ」

火吹《ひふ》き小僧《こぞう》は、いろいろ調べてきたようだ。

「おじいちゃん、どう思う?」

信夫《のぶお》は佐山博士《さやまはかせ》を見た。

「そうさな。ワイロがはたしてうまくいくかどうかわからんし……」

博士《はかせ》は、あごをなでながら信夫《のぶお》を見かえした。

「お前はどうだ。やる気はあるのか」

「もちろんだよ！」

信夫《のぶお》はきっぱりとうなずいた。

「よし。それならその作戦《さくせん》でいこう。巻物《まきもの》は、たぶん刑務所《けいむしょ》の保管所《ほかんじょ》においてあるにちがいない。場所はこれでさがせばいい」

博士《はかせ》は、上着のポケットからスマホを取りだして、信夫《のぶお》に渡《わた》した。おとといタクシーにおきわすれたが、タクシー会社に連絡《れんらく》して取りもどしたのだ。巻物《まきもの》には発信器《はっしんき》のチップがついていて、スマホの画面に緑色の信号《しんごう》が点滅《てんめつ》するようになっている。

「でも、刑務所《けいむしょ》で身体検査《けんさ》でもされたら、すぐ見つかっちゃって、取り上げられるよ」

「ちょっと貸《か》してごらん」

お六《ろく》が、信夫《のぶお》の手からスマホをひょいと取り上げて、結《ゆ》い上《あ》げた髪《かみ》の中に隠《かく》した。

「ここに入れておけば、見つからないさ。髪《かみ》に手をかけようとしたら、こうやって調べさせないようにするから、安心しな」

お六《ろく》は、ひょろりと首をのばしてみせた。

「さすがはお六《ろく》ねえさん」

火吹《ひふ》き小僧《こぞう》がわらった。

「じゃあ、行ってくるよ」

信夫《のぶお》は、佐山博士《さやまはかせ》に手をふって、お六《ろく》たちと刑務所《けいむしょ》の正門に向かった。

正門の前までくると、

「妖怪《ようかい》を捕《つか》まえるな！」

「妖怪《ようかい》をときはなせ！」

「妖怪《ようかい》に自由を！」

お六《ろく》はひょろりと首をのばし、火吹《ひふ》き小僧《こぞう》はぼっ、ぼっと口から火を吹《ふ》き、信夫《のぶお》はこぶしをつき上げていっせいに叫《さけ》びたてた。

これがお六《ろく》たちの作戦《さくせん》で、こうやってさわげば、中から警備員《けいびいん》が飛《と》びだしてきて、捕《つか》まえるにちがいなかった。

くりかえし叫《さけ》びながら、正門の前を行ったり来たりしていると、門ががらっとあいて、五人の警備員《けいびいん》が飛《と》びだしてきた。

「さわぐな！」

「おとなしくしろ！」

「逃《に》げると撃《う》つぞ！」

警備員《けいびいん》たちは、光線銃《こうせんじゅう》をかまえて、三人を取りかこんだ。

「逃《に》げないから、撃《う》たないでおくれよ」

「撃《う》っちゃだめ」

「撃《う》つな」

三人は、あっさりと両手を上げた。作戦《さくせん》どおりだ。

警備員《けいびいん》たちは、三人に手錠《てじょう》をかけると、刑務所《けいむしょ》の所長室《しょちょうしつ》につれていった。

「ろくろっ首に火吹《ひふ》き小僧《こぞう》か。お前は？」

所長は、信夫《のぶお》に目を向けた。

「座敷童《ざしきわらし》です」

信夫《のぶお》は、目をしょぼしょぼさせて、いった。あやしまれるとまずいので、めがねは佐《さ》山博士《やまはかせ》にあずけてきたのだ。

「ふん。けちな妖怪《ようかい》どものくせに、こともあろうに妖怪刑務所《ようかいけいむしょ》の前でさわぎを起こすとはな」

所長はあきれたようにいって、

「こいつらを監房《かんぼう》にほうりこんでおけ」

と命じた。

三人は、電子キーを首からさげた看守《かんしゅ》にひきつれられて、監房《かんぼう》に向かった。大きなぶあつい鉄《てつ》の扉《とびら》がひらくと、その向こうに広い通路がのびていた。通路の両側《りょうがわ》には鉄格子《てつごうし》のはまった監房《かんぼう》がずらりとならんでいて、その中にたくさんの妖怪《ようかい》たちがとじこめられていた。

「火吹《ひふ》き小僧《こぞう》、用意はいいかい」

歩きながら、お六《ろく》がささやいた。

「いいよ」

火吹《ひふ》き小僧《こぞう》は、こくりとうなずくと、頬《ほお》をふくらませ、口をとがらせて前を行く看守《かんしゅ》の背中《せなか》めがけてびゅーっと火を吹《ふ》いた。看守《かんしゅ》の緑色の制服《せいふく》がばっと燃《も》え上がった。

「あちちちち！」

看守《かんしゅ》はあわてて火を消そうとばたばたやったが、火はたちまち燃《も》えひろがり、あっという間に火だるまになって、ばったり倒《たお》れてしまった。

すると、火吹《ひふ》き小僧《こぞう》は口をすぼめて大きく息を吸《す》いこんだ。燃《も》えていた火が一本の矢のようになって火吹《ひふ》き小僧《こぞう》の口に吸《す》いこまれた。看守《かんしゅ》は気絶《きぜつ》しているだけで、制服《せいふく》も焼《や》けこげてはいない。火吹《ひふ》き小僧《こぞう》の吹《ふ》く火は、〝あやかしの火〟で、本物の火じゃないのだ。

「やったね」

お六《ろく》が、看守《かんしゅ》の首から電子キーを取り上げると、自分と火吹《ひふ》き小僧《こぞう》と信夫《のぶお》の手錠《てじょう》を解《かい》錠《じょう》した。そして、

「早く巻物《まきもの》をさがしておいで」

髪《かみ》の中からスマホを取りだして信夫《のぶお》に渡《わた》し、

「豆腐小僧《とうふこぞう》、助けにきたよ！　ほかのみんなもでておいでえ！」

と叫《さけ》びながら、監房《かんぼう》のかぎをつぎつぎにあけていった。

豆腐小僧《とうふこぞう》をはじめ監房《かんぼう》にとじこめられていた妖怪《ようかい》たちが、わあっと歓声《かんせい》を上げて飛《と》びだし、通路はたちまちさまざまな妖怪《ようかい》たちであふれた。非常《ひじょう》ベルがけたたましく鳴りわたり、警備員《けいびいん》がばらばらと飛《と》びだしてきて、光線銃《こうせんじゅう》をかまえた。

「近よるな！　やけどするぞ！」

火吹《ひふ》き小僧《こぞう》が、ぼっぼっぼっとつぎからつぎへと火の玉を勢《いきお》いよく口から吹《ふ》きだした。火の玉はぶーんと飛《と》んでいって、警備員《けいびいん》たちに燃《も》えうつった。

「わあああああ！」

「あち、あち、あちちち！」

「た、助けてくれえ！」

警備員《けいびいん》たちは、悲鳴を上げて逃《に》げだした。

「みんな、外にでるんだ。二度と捕《つか》まるな！」

お六《ろく》を先頭に、妖怪《ようかい》たちは一団《だん》となって刑務所《けいむしょ》の出口に殺到《さっとう》した。

一方、信夫《のぶお》は、スマホの画面に目をこらしながら、巻物《まきもの》のありかを必死《ひっし》でさがしていた。画面に点滅《てんめつ》する緑色の信号《しんごう》がみちびいてくれるはずだったが、めがねをかけていない信夫《のぶお》の目には、緑色の点がにじんではっきり見えないのだ。

妖怪《ようかい》であふれた通路をあちこち動きまわったあげく、ようやく信夫《のぶお》のぼやけた視界《しかい》に

も、信号《しんごう》がはげしく点滅《てんめつ》していることがわかる場所にたどりついた。巻物《まきもの》が近くにあるしるしだ。そこは地階《ちかい》へおりる階段《かいだん》のところだった。保管所《ほかんじょ》は地階《ちかい》にあるにちがいない。

信夫《のぶお》は、慎重《しんちょう》に階段《かいだん》をおりはじめた。半分ほどおりたところで、下から勢《いきお》いよく上がってきた男にぶつかりそうになった。あぶなくよけたが、男が持っていたバッグの角がスマホにあたっておとしそうになった。男はそのまままかけ上がっていった。緑色の制服《せいふく》を着ていた。保管所《ほかんじょ》にいた看守《かんしゅ》だろう。上のさわぎを聞きつけて、応援《おうえん》に行ったにちがいない。

信夫《のぶお》はスマホを持ちなおして、画面に目をやった。

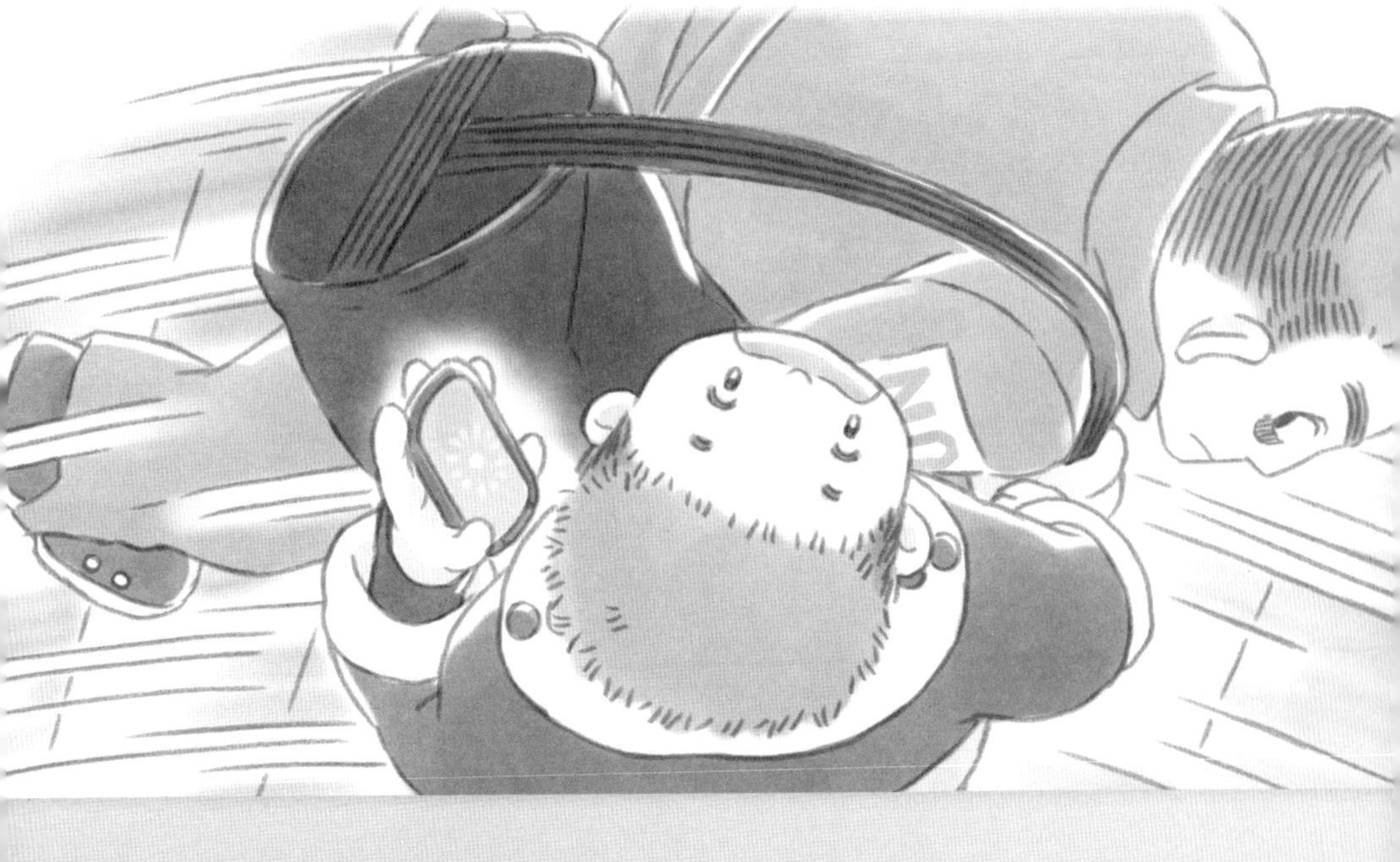

「あれ!?」

思わず目をこすった。さっきまではげしく点滅《てんめつ》していた緑の信号《しんごう》が、点になり、しかも画面上を移動《いどう》しているのだ。巻物《まきもの》がどこかへ持ちさられようとしている!

「今の男……」

信夫《のぶお》ははっとした。

「変顔《へんがん》だ!」

ほかの妖怪《ようかい》たちと監房《かんぼう》を飛《と》びだした変顔《へんがん》は、すぐさま保管所《ほかんじょ》にかけつけ、係の看守《かんしゅ》を襲《おそ》って巻物《まきもの》のはいったバッグをうばい、看守《かんしゅ》の制服《せいふく》を着こんで顔を変《か》えたのだ。そうすれば、見とがめられずに刑務所《けいむしょ》からでられる。

信夫《のぶお》は、階段《かいだん》をかけ上がった。妖怪《ようかい》たちといっしょに刑務所《けいむしょ》の外に走りでた。

刑務所《けいむしょ》の前では、警備員《けいびいん》と妖怪《ようかい》たちがもみあっていた。光線銃《こうせんじゅう》で撃《う》たれて倒《たお》れる妖怪《ようかい》もいれば、ぎゃくに光線銃《こうせんじゅう》をうばって警備員《けいびいん》を撃《う》つ妖怪《ようかい》もいる。ののしり声や叫《さけ》び声がわんわんとあたりにこだましました。

佐山博士《さやまはかせ》は、もみあいから少しはなれた木の下に立っていた。

「おじいちゃん!」

信夫《のぶお》は博士《はかせ》のもとにかけよった。

← 3巻《かん》へつづく……

「おお、信夫《のぶお》。巻物《まきもの》はどうした？」

「変顔《へんがん》が保管所《ほかんじょ》から持ちだして、逃《に》げてった」

信夫《のぶお》は、スマホを博士《はかせ》に渡した。

「よし。すぐ追いかけよう」

「おじいちゃん、ぼくのめがね」

「おお、そうだったな」

博士《はかせ》は、めがねを信夫《のぶお》に返すと、スマホの画面に目をやりながら、歩きだした。

信夫《のぶお》は、めがねをかけて、刑務所《けいむしょ》のほうをふりかえった。もみあいはまだつづいている。

――お六《ろく》さんも火吹《ひふ》き小僧《こぞう》も豆腐小僧《とうふこぞう》もほかの妖怪《ようかい》たちも、みんな、がんばって！

胸《むね》のなかで声援《せいえん》を送ると、信夫《のぶお》は博士《はかせ》のあとを追った。

孔明《こうめい》は美女とごちそうが好《す》き

一

狼婆《おおかみばば》を助けた蒼太《そうたい》、夏花《かか》、孔明《こうめい》、張飛《ちょうひ》の一行は、陳《ちん》家の人たちに見送られて、村を発《た》った。

「ほんとうにありがとうございました」

「どうか、道中ご無事《ぶじ》で」

陳《ちん》とその妻《つま》は、腰《こし》をふたつにおり、ふたりの子どもは、

「さようならあ」

「また来てねえ」

と、四人が見えなくなるまで、手をふりつづけた。

「人助けってのは、いいもんだなあ」

張飛《ちょうひ》が、気分よさそうにあごひげをなでた。

「人助けって、助けたのは妖怪《ようかい》だから、それをいうなら『妖怪《ようかい》助け』じゃない？」

夏花《かか》がわらった。

「妖怪《ようかい》が苦手な張飛《ちょうひ》さんが、妖怪《ようかい》を助けるなんて、信《しん》じられなかったわ」

「なに、狼婆《おおかみばば》なんかは妖怪《ようかい》のうちにはいらんさ。それに、陳《ちん》家の人たちもおれたちのおかげで狼婆《おおかみばば》に会えたんだから、やっぱり人助けにちがいないわさ」

張飛《ちょうひ》は、口をとがらせて、むきになっていいかえした。そのようすが、小さな子どもみたいだったので、蒼太《そうたい》はぷっと吹《ふ》きだしてしまった。

「それにしても、妖怪《ようかい》が多いなあ」

ゆったりと馬を歩ませながら、孔明《こうめい》がつぶやいた。

「ここんとこ、妖怪《ようかい》に出合ってばかりいる。ひょっとしたら、曹操《そうそう》が送りこんでいるのだろうか」

「それはないだろう」

張飛《ちょうひ》が首をふった。

「曹操《そうそう》は妖術《ようじゅつ》なんかがきらいだと聞いているからな。妖怪《ようかい》を使うとは思えん」

蒼太《そうたい》と夏花《かか》は顔を見あわせた。向こうの世界で予言書《よげんしょ》の巻物《まきもの》をうばった変顔《へんがん》は、曹操《そうそう》の間者《かんじゃ》（スパイ）のはずだ。

「でも、気をつけたほうがいいですよ」

蒼太《そうた》がいった。

「曹操《そうそう》が妖怪《ようかい》を間者《かんじゃ》に使ってるかもしれないから」

「ははは。考えられん」

張飛《ちょうひ》はわらいとばしたが、孔明《こうめい》は、真剣《しんけん》な顔つきで、

「そうだな」

とうなずいた。

一行——というより孔明《こうめい》と張飛《ちょうひ》は、いつものように、とくに急ぐでもなく、かといってわざとゆっくりでもなく、たんたんと先へ進んでいった。最終《さいしゅう》の目的地《もくてきち》は長江《ちょうこう》に面した呉《ご》の柴桑《さいそう》で、今は陸路《りくろ》を行っているが、いずれは長江《ちょうこう》にでるだろう。地理を知らないので、今どのへんを歩いているのかわからない。けれど、蒼《そう》太《たい》はもうあせらないことにした。このまま孔明《こうめい》と張飛《ちょうひ》についていって、赤壁《せきへき》の戦《たたか》いを見とどければいいのだ。

日が高くなると、暑《あつ》くなってきた。あたりは石ころだらけの荒《あ》れ地《ち》で、じりじりと照《て》りつける日差しをさける木かげひとつない。孔明《こうめい》と夏花《かか》が乗っている馬も、

蒼太《そうたい》が乗っているロバも、はあはあと息づかいが荒《あら》くなってきた。

やがて行く手に寺が見えてきた。

「ちょうどよかった。あそこで馬とロバに水を飲ませてやろう」

孔明《こうめい》がいった。

馬とロバを引いて寺の門をくぐると、中からひとりの老僧《ろうそう》が杖《つえ》をついてでてきた。

「どちらさまかな」

老僧《ろうそう》は、白いまゆ毛の下から細い目をのぞかせて、四人を見まわした。

「旅の者ですが、とつぜんおじゃまして、もうしわけありません。この暑《あつ》さで馬とロバがへばりぎみなので、水を飲ませてやりたいのです。井戸《いど》をお借《か》りできないでしょうか」

孔明《こうめい》が、ていねいにたのみこんだ。

「それはお困《こま》りじゃろう。井戸《いど》はこちらじゃ」

老僧《ろうそう》は、先に立って裏庭《うらにわ》に案内《あんない》してくれた。

孔明《こうめい》と張飛《ちょうひ》が馬とロバに水を飲ませ、蒼太《そうたい》と夏花《かか》が、ぬれた藁《わら》で二頭の足や腹《はら》をふいてやった。馬もロバもすっかり元気を取りもどした。

「あんたがたも、少し休んでいかれたらどうじゃ」

老僧《ろうそう》がいった。

「この暑《あつ》さでは、体がまいってしまう。急ぐ旅でないのなら、しのぎやすくなってからでかけたほうがよい」

「そうですね」

孔明《こうめい》はうなずいた。

「では、おことばにあまえさせていただきましょう」

「それがよい、それがよい」

老僧《ろうそう》は、なぜかうれしそうににたりとわらうと、ひょこひょことはずむような足取りでふたたび先に立った。

小さな寺で、本堂《ほんどう》もそんなに広くはなかった。本堂《ほんどう》には、えらいお坊《ぼう》さんらしい彫像《ちょうぞう》があって、その両側《りょうがわ》のかべには絵がえがかれていた。ひとつは、切り立ったがけや滝《たき》がえがかれた風景画《ふうけいが》だったが、もうひとつは、赤い花を手に持ってたたずんでいる美しい女の人の絵だった。

女の人がたたずんでいるのは、大邸宅《だいていたく》の庭のようで、背後《はいご》には池が見え、その向こうに御殿《ごてん》のような建物《たてもの》や高楼《こうろう》がおりかさなるようにえがかれている。

蒼太《そうたい》も夏花《かか》も張飛《ちょうひ》も、その絵をちらっと見ただけで通りすぎたが、孔明《こうめい》だけはその前に足を止めて、くいいるように見つめた。

「その絵が気に入りましたかな」

老僧《ろうそう》が声をかけた。

「それとも、気に入ったのは、絵の中の美女ですかな」

「えっ、あっ、いや……」

孔明《こうめい》は顔を赤らめ、あわてて絵の前からはなれた。けれど、みんなといっしょに歩きながら、何度も絵のほうをふりかえっていた。

本堂《ほんどう》と同じように、庫裏《くり》（住まい）もせまかった。

「寺におるのは、わしひとりでの。なにもおかまいはできんが、ゆっくりしていってくだされや」

老僧《ろうそう》はそういいながら、湯をわかして白湯《さゆ》をくばり、ほしたアンズやナツメを山もりにしてだしてくれた。

「豪傑《ごうけつ》、あんたにはこちらのほうがよいじゃろう」

老僧《ろうそう》はわらって、小ぶりの酒瓶《さかがめ》を抱《かか》えてきて、張飛《ちょうひ》の前においた。

「おお、こいつはありがたい」

張飛《ちょうひ》は大よろこびで、酒瓶《さかがめ》に飛《と》びつくと、ぐびりぐびりとのどを鳴らして飲みはじめた。

白湯《さゆ》でのどをうるおし、ほしアンズやナツメをつまんでいるうちに、蒼太《そうた》と夏花《かか》はうつらうつらしだした。なにしろ、ゆうべから今朝にかけて、狼婆《おおかみばば》のことでほとんどねむっていないのだ。

「出発は少し暑《あつ》さがひいてからにするから、それまで寝《ね》ているがいい」

そんな孔明《こうめい》のことばを耳に聞きながら、ふたりはねむりにおちていった。

ごおーっ、があーっという地をゆるがすような物音に、蒼太《そうたい》は目をさました。

物音は、張飛《ちょうひ》のいびきだった。酒の瓶《かめ》を抱《かか》えて、ねむっている。

「やだ、あたし、ねむっちゃったみたい」

すっとんきょうな声とともに、夏花《かか》が目をさました。

「張飛《ちょうひ》さんたら、すごいいびき！」

夏花《かか》は顔をしかめながら、まわりを見まわした。

「あら、孔明《こうめい》さんは？」

「えっ」

そういわれて、蒼太《そうたい》もまわりに目をやった。庫裏《くり》には張飛《ちょうひ》と自分たちだけで、孔明《こうめい》も老僧《ろうそう》もいない。

「どこへ行ったんだろう」

「そろそろ出発したほうがいいんじゃない」

「そうだね。さがしに行こう」

ふたりは立ち上がった。出発の用意をしているのかもしれないと思って、裏庭《うらにわ》に行ってみたが、馬もロバもおとなしくつながれたままになっていて、孔明《こうめい》の姿《すがた》はなかった。

「あのおじいさんのお坊《ぼう》さんも、いないわね」

「用事でどこかへでかけたのかも」

あたりはしーんとして、物音ひとつしない。日差しは少し弱まったが、暑《あつ》さはまだのこっている。風はそよとも吹《ふ》かない。あたりの草も木も、葉ひとつ動かさない。鳥も飛《と》ばず、虫もはわない。まるで時間が止まったみたいに、なにもかもがじっと鳴りをひそめている。

「なんだかおかしな感じね」

「うん」

夏花《かか》と蒼太《そうたい》は顔を見あわせた。

ふたりは、裏庭《うらにわ》から本堂《ほんどう》にまわった。

「あら、あれ！」

夏花《かか》が、向かって左側《ひだりがわ》のかべを指さしながら叫《さけ》んだ。

「孔明《こうめい》さんの剣《けん》よ！」

「ほんとだ！」

孔明《こうめい》がいつも背中《せなか》に背負《せお》っている〈蒼竜《そうりゅう》の剣《けん》〉が、かべに立てかけてあった。

ふたりはかべにかけよった。だが、ふたりの目は、剣《けん》よりもかべの絵にくぎづけになった。それは、花を持ってたたずんでいる女の人の絵だったが、女の人はひとりではなかった。

なんと、女の人のわきに孔明《こうめい》が立っていたのだ！

二

かべにえがかれた絵の中に、孔明《こうめい》がいる！

蒼太《そうたい》と夏花《かか》は、目をこすりながら何度も絵を見なおした。けれど、何度見ても、絵の中に孔明《こうめい》がいた。しかも、女の人に親しげにわらいかけている。

蒼太《そうたい》と夏花《かか》は、ようやく我《われ》に返った。

「どうなってんのよ、これ」

「わからないけど、たぶん、孔明《こうめい》さんの身になにか異常《いじょう》なことが起こって、絵の中にとじこめられたんじゃないかと思う」

「そういえば、孔明《こうめい》さん、この絵の女の人が気に入ってたみたいね」

「うん。さっき、じっと見てたもんね。もしかしたら、おれたちがねむっているあいだにここへ絵を見に来て、絵に吸《す》いこまれちゃったのかもしれない」

「どうしたらいいの？」

「わからない」

ふたりとも、とほうに暮《く》れた。孔明《こうめい》がいなければ、このまま旅をつづける意味はまったくない。

「そうだ」

しばらく考えてから、蒼太《そうたい》がいった。

「この絵の中の孔明《こうめい》さんに、よびかけてみよう。もしかしたら、返事してくれるかもしれない。なにかのゲームで、そんな場面があったのを思いだしたんだ」

「ゲームと現実《げんじつ》とごっちゃにしないで」

「やってみなくちゃわからないさ」

夏花《かか》のことばを無視《むし》して、蒼太《そうたい》は、画面の孔明《こうめい》に向かってよびかけた。

「孔明《こうめい》さん、孔明《こうめい》さん、聞こえたら返事してください！」

何度もくりかえし叫《さけ》んだが、絵の中の孔明《こうめい》は、反応《はんのう》しなかった。

「くそっ、だめか……」

蒼太《そうたい》は、くやしまぎれに、こぶしでかべをどんどんとたたいた。

「聞こえたみたい！」

夏花《かか》が叫《さけ》んだ。

「孔明《こうめい》さんが、こっちを見てる！」

はっとして絵を見なおすと、たしかに、さっきまで女の人にわらいかけていた孔明《こうめい》が、正面を向いている。

「孔明《こうめい》さん！」

「孔明《こうめい》さんったら！」

ふたりは必死《ひっし》でどんどんとかべをたたいた。

すると、絵の中の孔明《こうめい》が、体をかがめて、女の人の耳に顔をよせた。なにかささやいたのだろうか、女の人がにっこりわらってうなずき、手に持った赤い花をかるくゆすった。

絵の中から、うっとりするようなあまい香《かお》りがただよってきた。その香《かお》りをかいだとたん、蒼太《そうた》も夏花《かか》もなんだか頭がぼーっとなってきた。そして、体が雲にでも乗ったようにふわふわとうき上がった。

気がつくと、ふたりは絵の中にいた。

「ようこそ」

澄《す》んだ、きれいな声がした。ふりむくと、あの女の人がにこやかにわらいかけてきた。そばには孔明《こうめい》もいる。

「わたしは玉英《ぎょくえい》。あなたたちは？」

「夏花《かか》に蒼太《そうたい》だ」

ぼうぜんとしているふたりにかわって、孔明《こうめい》が答えた。

「ふたりとも、おどろいただろう。わたしも最初《さいしょ》はおどろいた。かべの絵をもう一度ゆっくり見たくて、張飛《ちょうひ》どののやそなたたちがねむっているあいだにこっそり来てみたら、玉英《ぎょくえい》どのに絵の中にさそいこまれたんだよ。ここは玉英《ぎょくえい》どのの屋敷《やしき》で、すばらしいところだから、そなたたちにも見せてやろうと思って、玉英《ぎょくえい》どのにたのんだのだ」

「孔明《こうめい》さまのお友だちなら大歓迎《だいかんげい》だわ。さあ、行きましょう」

玉英《ぎょくえい》が手をさしだすと、孔明《こうめい》がその手を取った。ふたりは、なかよく手をつないで歩きだした。

「待ってよ！」

「ちょっと待って」

我《われ》に返った蒼太《そうたい》と夏花《かか》は、あわててあとを追った。

庭園を抜《ぬ》けてしばらく行くと、池のほとりにでた。湖といってもいいくらい大きな池で、ちょうどまん中あたりに、小さな島もある。ほとりには船着き場があって、船首に龍《りゅう》の頭をかざった屋根つきの船がもやってあった。

船着き場には、若《わか》く美しい女の人が五、六人でむかえていた。女の人たちは、玉英《ぎょくえい》たち四人の手を取り、渡《わた》し板《いた》を渡《わた》って船に案内してくれた。船の中には豪華《ごうか》な敷物《しきもの》がしきつめられ、天井《てんじょう》からはきらびやかなかざり物がさがっていた。

でむかえた女の人たちが、みんなの前に飲み物とくだものを運んできた。陶器《とうき》のコップにはいっていたのは、乳白色《にゅうはくしょく》をした液体《えきたい》で、皿にのっていたのは鈴《すず》の形をした金色のくだものだった。

「これは、銀霊水《ぎんれいすい》に金鈴果《きんれいか》よ」

玉英《ぎょくえい》がいった。

「銀霊水《ぎんれいすい》を飲めば魂《たましい》まであらいきよめられ、金鈴果《きんれいか》を食べれば、いやなことや悩《なや》みごとなどをすべてわすれることができるといわれているわ」

「それはいい」

孔明《こうめい》はコップの飲み物を一気に飲みほし、玉英《ぎょくえい》がむいてくれたくだものを口に入れた。そして、

「うむ。なんともいえない、いい気分だ」

目を細め、うっとりとした顔つきでつぶやいた。

「そなたたちも、ためしてみるといい」

孔明《こうめい》にすすめられて、蒼太《そうた》と夏花《かか》は、銀霊水《ぎんれいすい》を飲み、女の人がむいてくれた金《きん》鈴果《れいか》を食べた。銀霊水《ぎんれいすい》は少しあまずっぱく、金鈴果《きんれいか》はとろりとあまかった。しばらくすると、なんだかうきうきしてきて、楽しい気分になった。

そうしているうちに、船が静《しず》かに動きだした。こぎ手は船底《ふなぞこ》にいるらしく、船《ふな》

端《ばた》からのぞくと、何本もの櫂《かい》が船腹《せんぷく》からつきでていて、ゆっくりと水をかいていた。

船は鏡《かがみ》のような水面をすべるようにすすんでいった。池のまわりは緑の木立がぐるりと取りまき、その後方はなだらかな山になっていて、高楼《こうろう》や宮殿《きゅうでん》のようなな建物《たてもの》の朱色《しゅいろ》のかわら屋根が点々とつらなってきらきらと日にきらめいていた。

池にはさまざまな水鳥がのんびりと泳いでいた。船が近づいてもなんの警戒心《けいかいしん》も見せず、自分たちの仲間《なかま》ででもあるかのように、静《しず》かに見送っている。

「まるで仙境《せんきょう》（仙人《せんにん》の住むところ。別世界）のようだなあ」

孔明《こうめい》が、ゆったりとあたりを見まわしながら、感嘆《かんたん》の声を上げた。

玉英《ぎょくえい》は、そんな孔明《こうめい》の横顔をくいいるように見つめていた。その手は孔明《こうめい》の手にそっと重ねられている。孔明《こうめい》は気がつかないふりをしていた。

船はやがて向こう岸に着いた。船着き場には十数人の男たちが、輿《こし》を持って待っていた。輿《こし》は前後ふたりずつ四人でかつぐようになっていて、玉英《ぎょくえい》の輿《こし》を先頭に、孔明《こうめい》、夏花《かか》、蒼太《そうた》とつづいて、船着き場から石畳《いしだたみ》がしかれたゆるやかな坂道を一列になってすすんでいった。

何度か角をまがって坂道をのぼりきると、宮殿《きゅうでん》のような建物《たてもの》の前にでた。大勢《おおぜい》の男や女たちが、二列にならんで、四人をでむかえた。

「お前たち、支度《したく》はととのっているかい？」

輿《こし》をおりた玉英《ぎょくえい》がいった。

「はい、玉英《ぎょくえい》さま。支度《したく》はすべてととのっております！」

二列にならんだ男や女たちが、両手を胸元《むなもと》で組みあわせ、頭をさげて、いっせいに答えた。

「そう。ご苦労《くろう》さん。では、まいりましょう」

玉英《ぎょくえい》は、にっこりわらうと、孔明《こうめい》の手を取って、列のあいだを歩きだした。蒼《そう》太《たい》と夏花《かか》があとを追う。ならんでいる者たちは、四人が通るあいだずっと頭をさげつづけていた。

宮殿《きゅうでん》のような建物《たてもの》に一歩はいったとたん、ぷーんといいにおいがただよってきた。食べ物のにおいだ。においの源《みなもと》は大広間《おおひろま》だった。

「す、すげえ！」

「ちょっと、ちょっと、これ、なによ！」

蒼太《そうたい》と夏花《かか》はおどろきのあまり、目を丸くした。大広間のまん中に、大きな長方形の卓《たく》がでんとおいてあり、その上にさまざまな料理《りょうり》が山のようにのっていたのだ。

牛や鹿《しか》、羊《ひつじ》、鯉《こい》、雉《きじ》などのほし肉。牛、鹿《しか》、豚《ぶた》、鶏《とり》の串焼《くしや》き。ゆでた豚肉《ぶたにく》や鶏《とり》肉《にく》。兎《うさぎ》、子豚《こぶた》、鴨《かも》、鶉《うずら》、雀《すずめ》の丸焼《まるや》き。大小さまざまな鳥の卵《たまご》。芥子菜《からしな》、蓮根《れんこん》、瓜《うり》、筍《たけのこ》、里芋《さといも》、梨《なし》、梅《うめ》、蜜柑《みかん》、山桃《やまもも》など、季節《きせつ》を問わない野菜《やさい》の煮《に》つけやくだもの。丸くてうすいパンのような餅《もち》や餃子《ぎょうざ》まであった。大きな鉢《はち》にはいっている肉や野菜《やさい》のスープからは、湯気がさかんにたちのぼっている。

「好《す》きなものをいくらでも召《め》し上《あ》がれ。たりなくなったら、すぐ持ってこさせますから」

玉英《ぎょくえい》がわらっていった。

四人は、料理《りょうり》ののった大卓《おおたく》をはさんで、玉英《ぎょくえい》と孔明《こうめい》、蒼太《そうたい》と夏花《かか》のふたりずつに分かれてすわった。みんなの前には、皿や碗《わん》ののったお膳《ぜん》がすえられてあった。

四人の席《せき》が定まると、女たちが大卓《おおたく》の料理《りょうり》を切り分けてめいめいのお膳《ぜん》に運んでくれた。お腹《なか》がすいていた蒼太《そうたい》と夏花《かか》は、運ばれてきたものを夢中《むちゅう》で食べた。

はじめて食べるものばかりだったが、どの料理《りょうり》もおいしかった。

「もうお腹《なか》いっぱい」

「うん。これ以上《いじょう》食べられないや」

ふたりは、満足《まんぞく》そうにお腹《なか》をさすった。

「ここにある料理《りょうり》、張飛《ちょうひ》さんだったらひとりで食べちゃうわね」

夏花《かか》がなにげなくつぶやいた。

「あっ……！」

蒼太《そうたい》ははっとした。

「そういえば、張飛《ちょうひ》さんどうしてるだろう」

絵の中にはいってから、ずっとふわふわした気分がつづいていて、寺や張飛《ちょうひ》のことをすっかりわすれていた。

「そうね。目をさまして、孔明《こうめい》さんやあたしたちをさがしているかもよ」

「そろそろもどったほうがいいな」

蒼太《そうたい》と夏花《かか》は、夢《ゆめ》からさめたように、立ち上がって孔明《こうめい》に歩みよった。

三

孔明《こうめい》は、ゆったりとくつろいでいた。料理《りょうり》をつまんではうまそうに味わい、ちびりちびりと酒を飲み、玉英《ぎょくえい》と楽しげにわらったりしゃべったりしていた。玉英《ぎょくえい》は、孔明《こうめい》にぴったりとよりそって、杯《さかずき》が空になると酒をつぎ、孔明《こうめい》の皿や碗《わん》が空にならないように、女たちに料理《りょうり》を持ってこさせた。ときどき、孔明《こうめい》の横顔をうっとりしたまなざしで見つめていた。

「どうした、そなたたち」

孔明《こうめい》は、赤い顔を蒼太《そうたい》と夏花《かか》に向けた。

「なにかほしいものがあるのか。だったら玉英《ぎょくえい》どのにいって……」

「そうじゃないんです」

「そろそろもどりましょう」

蒼太《そうたい》と夏花《かか》はこもごもいった。

「もどるって？」

孔明《こうめい》は、一瞬《いっしゅん》けげんな顔をしたが、すぐに「ああ」とうなずいた。

「そうだな。たしかに、もどらなくちゃならんが……」

孔明《こうめい》は、目の前の料理《りょうり》に目をやり、杯《さかずき》をかかげ、玉英《ぎょくえい》を見て、ふーっと大きな息をついた。

「うまい料理《りょうり》にうまい酒、美しいひと。そして心がいやされる仙境《せんきょう》のようなのどかな景色《けしき》。それに、ここには、わたしのきらいなけんかや争《あらそ》いごともないだろうし……わたしはいつまでもここにいたい」

蒼太《そうたい》と夏花《かか》はおどろいた。まさか孔明《こうめい》がそんなことをいいだすとは！　よっぽどこの世界が気に入ってしまったらしい。

「ばかなことといわないで！」

夏花《かか》が、目をつり上げて孔明《こうめい》をにらんだ。

「早くもどりましょ。張飛《ちょうひ》さんが待ってるわ」

「張飛《ちょうひ》どのか。あの人ならむしろここへよんでやればよろこぶんじゃないか。なにしろ、食べ放題飲み放題だからな」

「わたくしが、よんでさしあげますわ」

玉英《ぎょくえい》が、にっこりと孔明《こうめい》にわらいかけた。

「ありがとう」

孔明《こうめい》はうれしそうに頭をさげると、ふたりに向きなおった。

「どうだい。そなたたちも、いやなことや悩《なや》みごとをわすれて、ごちそうを食べ、すばらしい景色《けしき》をながめながら、ここで楽しく暮《く》らさないか」

「赤壁《せきへき》の戦《たたか》いはどうするんですか」

蒼太《そうた》がつめよった。

「孔明《こうめい》さんがいなければ、呉《ご》の孫権《そんけん》を説得《せっとく》できないし、そうなれば、孫権《そんけん》も劉備《りゅうび》さんも赤壁《せきへき》の戦《たたか》いに敗《やぶ》れて、曹操《そうそう》の天下になってしまいますよ！」

「心配はいらない。わたしがいなくても、すべてうまくいくさ」

孔明《こうめい》は、自信《じしん》たっぷりにいった。

「えっ⁉」

「どういうこと？」

蒼太《そうたい》と夏花《かか》は、思わず孔明《こうめい》の顔を見なおした。

そのとき、給仕《きゅうじ》をしていた女のひとりが歩みよってきて、玉英《ぎょくえい》になにごとかささやいた。

「そう。わかったわ」

まゆをよせてうなずくと、玉英《ぎょくえい》は孔明《こうめい》に顔を向けた。

「ちょっとめんどうなことになりそうですから、みなさん、別の部屋で休んでいてくださいませんか」

「いいですよ」

孔明《こうめい》は気軽《きがる》に立ち上がった。

「こちらへどうぞ」

女が先に立って、広間のとなりの小部屋に三人を案内《あんない》した。広間とのあいだに丸い竹の格子窓《こうしまど》があったので、蒼太《そうた》と夏花《かか》はそこに顔をよせて、広間のようすをうかがった。

給仕《きゅうじ》の女たちをさがらせたらしく、広間には玉英《ぎょくえい》しかいなかった。しばらくすると、足音がして、だれかがはいってきた。

「ちょっと、あの人！」

「まさか！」

夏花《かか》と蒼太《そうたい》は、おどろきの声を上げた。はいってきたのは、あの老僧《ろうそう》だった。

「孔明《こうめい》はどこだ！」

老僧《ろうそう》は、広間を見まわしながら、杖《つえ》でどんと床《ゆか》をたたいた。

「どこへ行った！」

「そんなにどならくても、ようござんすよ」

玉英《ぎょくえい》が、うすわらいをうかべて、いった。

「ちょっと食べすぎたっていうんで、ほかの部屋で休ませています」

「かまわん。つれてこい」

「なにをそんなにあせってるんです。銀霊水《ぎんれいすい》を飲ませ、金鈴果《きんれいか》を食べさせ、すてきな景色《けしき》を見させ、山ほどのごちそうを食べさせ、わたしの魅力《みりょく》をふりまいて、この世界を気に入るようにしむけたんです。あと少しで、もとの世界のことはすっかりわすれるはずです」

「いや、もとの世界のことを完全《かんぜん》にわすれてしまっては困《こま》るのだ。やつの使い道がなくなる。わしがお前にたのんだのは、孔明《こうめい》を別世界にさそいこんで、ぜいたくを味わわせ、呉《ご》へ行く気をなくすようにすることだけじゃ。勝手にやりすぎてはいかん」

老僧《ろうそう》は、いらだたしげに杖《つえ》をたたいた。

「とにかく、早く孔明《こうめい》を渡《わた》せ！」

「お断《ことわ》りします」

玉英《ぎょくえい》がきっぱりといった。

「なんじゃと？」

「孔明《こうめい》さまはわたしのもの。だれにも渡《わた》すつもりはありません」

「どういうことだ」

「どういうことも、こういうこともありません。わたしは、孔明《こうめい》さまと会って、ひと目で好《す》きになったんです。ですから、孔明《こうめい》さまにはずーっとこの世界にいてもらいます。孔明《こうめい》さまもその気になったようですし、もうあなたのでる幕《まく》はありません。さっさとお帰りください」

「いい気になるなよ。わしが本気をだせば、お前などひとひねりだぞ」

「ふん。やれるもんならやってみな」

玉英《ぎょくえい》の口調が急にぞんざいになった。と同時に、右の肩《かた》からひょいと頭がでてきた。つづいて左肩《ひだりかた》からもでてきた。さらに、背中《せなか》から三つ、胸《むね》からひとつ、両《りょう》腰《こし》のあたりからふたつでてきた。九つの頭は、目をつり上げ、牙《きば》をむいて老僧《ろうそう》をにらみつけた。

「す、すげえ！」

「玉英《ぎょくえい》さんって、妖怪《ようかい》だったんだ！」

夏花《かか》と蒼太《そうたい》は、息をのんだ。

「どうした」

孔明《こうめい》がよってきた。

「見て」

夏花《かか》がわきによった。格子窓《こうしまど》から広間に目をやった孔明《こうめい》は、そのままその場に立ちつくした。

広間では、老僧《ろうそう》が手に持った杖《つえ》をぐいと前につきだしていた。

「九頭女《くとうめ》よ、思いなおすなら今のうちだぞ。さっさと孔明《こうめい》を渡《わた》せ」

「やなこった！」

九つの頭がいっせいに横にふられた。

「お前こそ思いなおして、とっとと帰れ。でないと、痛《いた》い目にあうぞ！」

九つの口がいっせいにとがったかと思うと、無数《むすう》の針《はり》がひとつづきの糸のように勢《いきお》いよく吐《は》きだされ、老僧《ろうそう》めがけて飛《と》んでいった。

「そんなものでわしを倒《たお》せるとでも思っておるのか」

あざけりながら、老僧《ろうそう》は、くるくるっと体をコマのように勢《いきお》いよく回転させた。

針《はり》は、回転する老僧《ろうそう》の体にすーっと吸《す》いこまれていく。

やがて回転が止まった。老僧《ろうそう》のかわりにそこに立っていたのは、全身黒ずくめで目のまわりだけが白い男だった。男の体には無数《むすう》の針《はり》がつき刺《さ》さっていて、銀色に光っていた。まるで針鼠《はりねずみ》のようだった。男はぴくりとも動かない。

「だから忠告《ちゅうこく》しただろ」

九つの口から、同じことばがもれた。

「痛《いた》い目にあうって」

「そうかな」

くっくくっというわらい声とともに、男が全身をゆすった。すると、つき刺《さ》さっていた針《はり》がばらばらとおちて、男の足もとに山のようにつもった。

「そら、返すぞ!」

男は、杖《つえ》で針《はり》の山をはらった。針《はり》が蜂《はち》の群《む》れのように一直線になってもと来たほうへ飛《と》んでいった。

「うわわわあ、やめてえええ」

九つの口からいっせいに悲鳴が上がった。逃《に》げる間もなく、全身に自分がはなった針《はり》を浴《あ》びて、玉英《ぎょくえい》――九頭女《くとうめ》はばったりと倒《たお》れ、動かなくなった。

「ばかめ。きさまの妖力《ようりょく》では、おれには勝てぬわ」

黒ずくめの男は、あざけりわらった。

「さて、孔明《こうめい》をさがすとするか。この屋敷《やしき》の中にいるのはたしかだ」

「さがすまでもない。わたしはここにいる」

孔明《こうめい》が、小部屋からでてきた。蒼太《そうたい》と夏花《かか》がうしろにしたがっている。

孔明《こうめい》は、倒《たお》れている九頭女《くとうめ》に向かって手を合わせると、男に向きなおった。

「わたしに何か用か」

「失礼《しつれい》いたした、孔明《こうめい》どの」

男はことばをあらためた。

「わたしは、曹操《そうそう》さまにお仕えしている黒風怪《こくふうかい》ともうすもの」

蒼太《そうたい》と夏花《かか》は、はっとして顔を見あわせた。するとこの男は、あの変顔《へんがん》と同じように曹操《そうそう》の間者《かんじゃ》（スパイ）なのか！

四

「うむ。それで？」

孔明《こうめい》は、顔色も変《か》えずに先をうながした。

「じつは、曹操《そうそう》さまは、あなたを軍師《ぐんし》としてむかえたいとお考えになっておられる」

黒風怪《こくふうかい》はずばりといった。

「ほう。曹操《そうそう》が、わたしを軍師《ぐんし》に招《まね》くというのか？」

孔明《こうめい》は、おもしろそうな顔つきで、問いかえした。

「さよう。曹操《そうそう》さまは、あなたの才能《さいのう》を高くかっておられる」

「ふむ。それで、曹操《そうそう》の軍師《ぐんし》になると、どんないいことがあるんだろう」

「その前にお聞きしたい。玉英《ぎょくえい》――九頭女《くとうめ》のもてなしはどうだったか。お気に召《め》しましたかな」

「そうだな。玉英《ぎょくえい》さんみたいな美人に会えてうれしかったし、これまで口にしたことがないようなごちそうをたらふく食べられて、大満足《だいまんぞく》だった」
「曹操《そうそう》さまに仕えれば、もっとすばらしいことが待っておりますぞ。曹操《そうそう》さまは、今いちばん勢《いきお》いのあるお方。財《ざい》力《りょく》も豊《ゆた》かだから、手柄《てがら》を立てれば、たくさんのほうびがもらえ、大金持ちになる。大邸宅《だいていたく》をかまえて玉英《ぎょくえい》の何倍も美しい美女を百人召《め》し抱《かか》え、山海の珍《ちん》味《み》を取りそろえて毎晩宴会《まいばんえんかい》をひらくこともできる。それこそ、ぜいたくのし放題といっていいでしょう」
黒風怪《こくふうかい》は、ねっとりとした口調でつ

づけた。

「財力《ざいりょく》のない劉備《りゅうび》どののために働《はたら》いても、一生そんなぜいたくは味わえないのではないですかな。いくら呉《ご》の孫権《そんけん》と組んでも、曹操《そうそう》さまに勝てるわけはない。いずれ曹操《そうそう》さまにほろぼされるに決まっている。そうなる前に、曹操《そうそう》さまに着《つ》いたほうがいいと思いますよ。どうです」

「そうだなあ」

孔明《こうめい》は、腕《うで》を組んで考えこんだ。

「ちょっと、ちょっと、孔明《こうめい》さん！」

「よけいなことを考えないでよ！」

夏花《かか》と蒼太《そうたい》は、あわてて孔明《こうめい》のそでをひっぱった。孔明《こうめい》が曹操《そうそう》の軍師《ぐんし》になったら、それこそ歴史《れきし》がめちゃくちゃになって、未来《みらい》がすっかり変《か》わってしまう。

「ははは。心配するな」

孔明《こうめい》はにこりとわらって、腕組《うでぐ》みをといた。

「黒風怪《こくふうかい》とやら。ありがたいもうしでだが、どうも気が向かない」

「断《ことわ》るというのか」

「そうだ。曹操《そうそう》は疑《うたぐ》り深《ぶか》い人だと聞いている。曹操《そうそう》に少しでも疑《うたが》われたら、どんなに功績《こうせき》のある者でも、すぐさま首を斬《き》られるという。いくら百人の美女にかこまれて、毎日宴会《えんかい》をひらいていたとしても、いったん曹操《そうそう》に疑《うたが》われたら最後《さいご》だ。なにごとも命あっての物種《ものだね》。どんなにぜいたくをしていても、死んだらおしまい。やはりわたしには、畑をたがやしながら昼寝《ひるね》をするほうが似合《にあ》っているようだ」

「そういうことなら、しかたがないな」

黒風怪《こくふうかい》は、にやりとわらった。

「だが、孔明《こうめい》よ。おれは、なにがなんでもきさまを曹操《そうそう》さまの御前《おんまえ》にひきつれていくぞ。それがおれの使命だ」

黒風怪《こくふうかい》は、四、五歩さがって、手に持った杖《つえ》の先をさっと三人に向けた。

「覚悟《かくご》しろ!」

そのとき、思いがけないことが起こった。倒《たお》れて動かなかった玉英《ぎょくえい》が、孔明《こうめい》たちのところまでずるずると必死《ひっし》で床《ゆか》をはってくると、よろよろと立ち上がり、両手を広げて孔明《こうめい》たちをかばったのだ。玉英《ぎょくえい》の頭はひとつだけになっていた。

「じゃまだ、九頭女《くとうめ》。どけ」

黒風怪《こくふうかい》がどなった。

玉英《ぎょくえい》は、だまって首を横にふった。

「それならお前もいっしょにしまつしてやる」

黒風怪《こくふうかい》の杖《つえ》の先から、しゅるしゅるしゅるしゅるっと白いひものようなものが飛《と》びでてきて、玉英《ぎょくえい》にぐるぐるとまきついた。

「逃《に》げろ！」

孔明《こうめい》が蒼太《そうたい》と夏花《かか》をうながして走りだそうとしたが、それより早く、ふたたび杖《つえ》の先から飛《と》びでてきたひもが孔明《こうめい》にまきつき、つづいて蒼太《そうたい》と夏花《かか》にもからみついた。三人とも、体じゅうひもでぐるぐるまきにされ、芋虫《いもむし》のように床《ゆか》にころがった。

「いかん。蒼竜剣《そうりゅうけん》をおいてきてしまった」

孔明《こうめい》が舌打《したう》ちした。

「どうして剣《けん》を持ってこなかったのよ！」

夏花《かか》がわめいた。

「そうだよ。蒼竜剣《そうりゅうけん》ならこんなひも、すぐに切れるのに」

蒼太《そうたい》が口をとがらせた。

「すみません。そんな物騒《ぶっそう》なものを持ってこないでって、わたしが孔明《こうめい》さまにたのんだのです」

玉英《ぎょくえい》がかすれ声であやまった。

「わっはっはっ。あの剣《けん》がなければ、なにもできまい。それで、おれがそういえと命じたのだ」

黒風怪《こくふうかい》があざわらった。

「そのひもは生きている。時間がたてばたつほどきりきりとしまっていって、最《さい》後《ご》には息もできなくなる。孔明《こうめい》だけはあとではずしてやるが、あとのやつらはほうっておく。自分の体がだんだんしぼられていくのを楽しむがいい。さて、孔明《こうめい》さんよ。これからおれと曹操《そうそう》さまのもとに行こうか」

黒風怪《こくふうかい》は、四人に歩みよると、孔明《こうめい》に手をかけ、肩《かた》にかつぎ上げようとした。

そのとき。

――剣《けん》ならここにあるぞ！

どこからか叫《さけ》び声《ごえ》が聞こえ、なにか細長いものが、宙《ちゅう》を飛《と》んできて、黒風怪《こくふうかい》にはげしくぶつかった。

「わっ、な、なんだ⁉」

不意をつかれた黒風怪《こくふうかい》は、孔明《こうめい》を投げだし、しりもちをついた。

飛《と》んできたのは、蒼竜剣《そうりゅうけん》だった。剣《けん》は、ひとりでに鞘《さや》からすべりでると、投げだされた孔明《こうめい》のひもをぶつぶつと切った。

「助かった！」

孔明《こうめい》は、さっと立ち上がって手をのばした。すると剣《けん》は、その手の中にすっとおさまった。

「くそっ」

黒風怪《こくふうかい》もすばやく立ち上がって、杖《つえ》をかまえた。

「覚悟《かくご》しろ、黒風怪《こくふうかい》！」

蒼竜剣《そうりゅうけん》にひっぱられるようにして、孔明《こうめい》が突進《とっしん》した。

「なにを、こしゃくな。これでもくらえ！」

黒風怪《こくふうかい》の杖《つえ》の先から、白いひもが飛《と》びだして、蒼竜剣《そうりゅうけん》にからみついた。だが、ひらっひらっひらっと刃先《はさき》がきらめくと、ひもはばらばらになって床《ゆか》におちた。

「な、なにっ⁉」

驚愕《きょうがく》の表情《ひょうじょう》をうかべた黒風怪《こくふうかい》は、ふたたび杖《つえ》をかまえた。しかし、ひもが飛《と》びでる間もなく、蒼竜剣《そうりゅうけん》が杖《つえ》をまっぷたつに切ってすてた。

「あわわわっ」

黒風怪《こくふうかい》は、切られた杖《つえ》を投げすて、身をひるがえして広間から逃《に》げだした。

「待て！」

孔明《こうめい》はすぐさま後を追ったが、途中《とちゅう》で思いなおしてひきかえしてくると、蒼太《そうた》と夏花《かか》のひもを切った。それから玉英《ぎょくえい》に歩みよってまきついたひもを切ると、そっと抱《だ》きおこした。

「大丈夫《だいじょうぶ》ですか、玉英《ぎょくえい》どの」

「ああ、孔明《こうめい》さま……」

玉英《ぎょくえい》は、孔明《こうめい》の腕《うで》にすがりついた。

「わたしはもう永《なが》くありません。わたしが死ぬと、あなたがたはこの世界にとじこめられて、でられなくなります。ですから、わたしの息があるうちに、あなたがたをもとの世界に帰してあげます」

玉英《ぎょくえい》は、苦しげな息をつきながら、とぎれとぎれにいうと、孔明《こうめい》の手を借《か》りて立ち上がった。

「わたしから少しはなれてください」

いわれたとおり、三人が五、六歩はなれると、ともすれば倒《たお》れそうになる体を必死《ひっし》で保《たも》ちながら、玉英《ぎょくえい》が頬《ほお》をすぼめて大きく息を吸《す》いこみ、ついで、勢《いきお》いよく吐《は》いた。

そのとたん、三人は突風《とっぷう》に吹《ふ》きとばされたように宙《ちゅう》に舞《ま》ったかと思うと、階段《かいだん》をころげおちるようにごろごろっところがりおちた。

「痛《いた》！」

「いたたた！」

「痛《いた》い！」

三人は頭や腰《こし》をおさえて悲鳴を上げた。

「なんだ、どうしたんだ、お前たち！」

聞きなれた太い声がすぐそばでした。見ると、そこはもとの寺の本堂《ほんどう》で、張飛《ちょうひ》が仁王立《におうだ》ちになって、大きな丸い目玉をさらに大きく丸くして三人を見つめていた。

「みんな、今までどこに行っておったんだ」

「それより張飛《ちょうひ》どの。あなたは今までどうしてたんです」

孔明《こうめい》が、腰《こし》をさすりながら立ち上がった。

「おれか。おれは酒を飲んでねむってしまい、目がさめてみると、あの年寄《としよ》り坊主《ぼうず》をはじめ、だれもいない。あちこちさがしながら本堂《ほんどう》に来ると、かべぎわに軍師《ぐんし》の剣《けん》が立てかけてある。なんでこんなところにあるんだと、首をかしげておると、かべの中から、『剣《けん》が……』とか、『蒼竜剣《そうりゅうけん》を……』とか叫《さけ》ぶ声が聞こえてきた。それでおれは、とっさに『剣《けん》ならここにあるぞ！』と叫《さけ》んで、剣《けん》をかべに向かって投げた。すると、どうだ。剣《けん》がすっとかべの中に吸《す》いこまれて消えちまった。なにがなんだか分からないでここにつっ立っていると、お前たちがかべの中からおれの足もとにころがりおちてきたというわけさ」

三人は顔を見あわせた。では、蒼竜剣《そうりゅうけん》は張飛《ちょうひ》がほうってくれたのだ。

「ねえ、ちょっと見て！」

夏花《かか》が叫《さけ》んで、かべを指さした。

かべに目をやった孔明《こうめい》と蒼太《そうたい》は、ことばもなく立ちつくした。かべは、一面によごれた灰色《はいいろ》で、絵などどこにもえがかれてはいなかった。

「玉英《ぎょくえい》どのが消えた……」

孔明《こうめい》が、ぽつりとつぶやいた。蒼太《そうたい》はそっと孔明《こうめい》を見やった。目をとじ、口をぎゅっとひきむすんでいた。

「ところで、そっちは今までどこにいたか、まだ聞いてないぞ」

張飛《ちょうひ》が、がらがら声でいった。

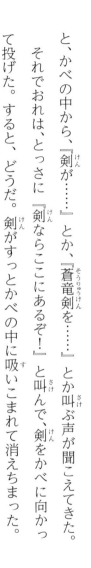

「かべの向こうの世界へ行ってたのよ」

夏花《かか》が答えた。

「かべの向こうだと?」

「そうよ。すてきな別世界……」

夏花《かか》は、張飛《ちょうひ》にこれまでのことを語った。

「くそっ。なんでおれをよんでくれなかったんだ!」

話を聞きおえると、張飛《ちょうひ》は地団駄《じだんだ》をふんでくやしがった。

裏庭《うらにわ》のほうから、馬とロバの鳴き声が聞こえてきた。孔明《こうめい》は、夢《ゆめ》からさめたように目をあけ、三人をふりかえった。

「そろそろ行こうか」

その声はいつものように明るく、なにかをふっきったように、すっきりした顔つきをしていた。

四人が寺をでてからしばらくすると、本堂《ほんどう》のかべの中から、黒風怪《こくふうかい》がでてきた。

「こんどはうまくいくと思ったが、九頭女《くとうめ》が、まさか孔明《こうめい》を好《す》きになるとは、とんだ計算ちがいだったわ」

にがわらいをうかべた黒風怪《こくふうかい》は、

「それにしても、蒼竜剣《そうりゅうけん》だ。あれがなければ、うまくいっていた。たしかあの剣《けん》には、持ち主の危機《きき》を救《すく》う働《はたら》きがあるとかいっていたな。なんとしても、孔明《こうめい》と蒼竜剣《そうりゅうけん》をはなればなれにする工夫《くふう》をしなければならんな」

そうつぶやくと、風をまくようにして四人のあとを追った。

作者　三田村　信行（みたむら　のぶゆき）

一九三九年東京都に生まれる。早稲田大学文学部卒業。幼年童話から大長編まで幅広く活躍している。『風の陰陽師』（ポプラ社）で巌谷小波文芸賞、日本児童文学者協会賞を受賞。主な作品に「きつねのかぎや」シリーズ、「へんてこ宝さがし」シリーズ（ともにあかね書房）、「キャベたまたんてい」シリーズ（金の星社）、「ネコカブリ小学校」シリーズ（ＰＨＰ研究所）、『おとうさんがいっぱい』（理論社）ほか多数がある。東京都在住。

画家　十々夜（ととや）

富山県に生まれる。大阪美術専門学校卒業。ゲームのイラストからキャラクターデザイン、児童書の挿画まで様々な分野で活躍している。挿画の作品として「妖怪道中膝栗毛」シリーズ（あかね書房）、「ルルル♪動物病院」シリーズ、「アンティークＦＵＧＡ」シリーズ（ともに岩崎書店）、「サッカー少女サミー」シリーズ（学研）、『おなやみ相談部』（講談社）ほかがある。京都府在住。

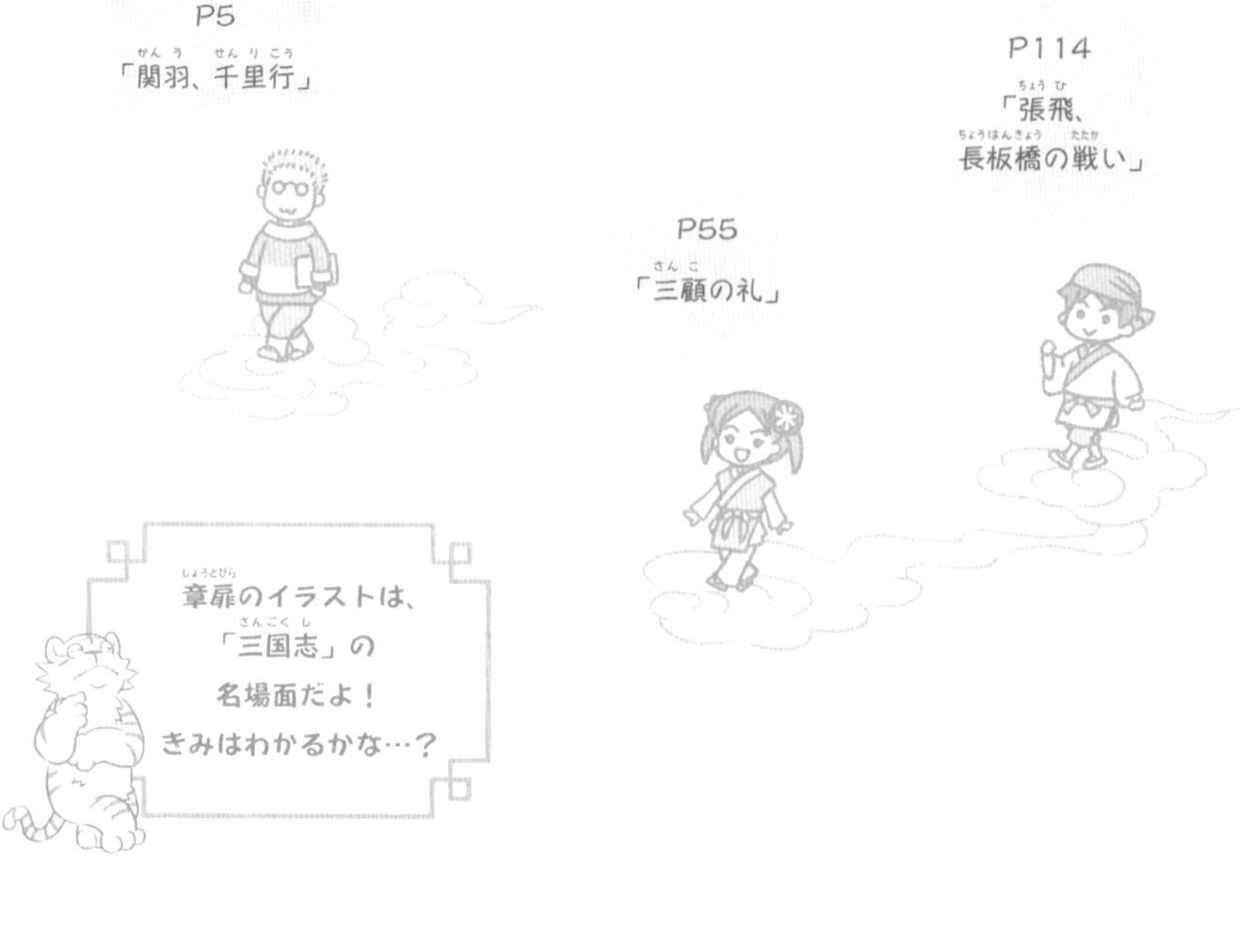

妖怪道中三国志・2

壁画にひそむ罠

二〇一六年五月二五日　初版発行

作者　三田村信行
画家　十々夜
発行者　岡本光晴
発行所　株式会社あかね書房
〒一〇一-〇〇六五
東京都千代田区西神田三-二-一
電話　〇三-三二六三-〇六四一（営業）
〇三-三二六三-〇六四四（編集）
印刷所　錦明印刷株式会社
製本所　株式会社難波製本
装丁　吉沢千明

NDC913　161ページ　21cm

ISBN978-4-251-04522-5

http://www.akaneshobo.co.jp

「三国志《さんごくし》」の世界で、
歴史《れきし》をまもる旅が、いまはじまった！

妖怪道中三国志《ようかいどうちゅうさんごくし》
シリーズ

三田村信行・作　十々夜・絵

1 奪《うば》われた予言書《よげんしょ》

予言書《よげんしょ》の巻物《まきもの》が妖怪《ようかい》に奪《うば》われた！　蒼一《そういち》たちは歴史《れきし》をまもるため、“三国志《さんごくし》”の時代へ。出会ったのは呉《ご》へと旅をする孔明《こうめい》と張《ちょう》飛《ひ》だったが！？

2 壁画《へきが》にひそむ罠《わな》

蒼太《そうた》と名前を変《か》え、４人で旅をはじめた蒼一《そういち》。ところがつぎつぎと妖怪《ようかい》に襲《おそ》われる。美女に壁《へき》画《が》のなかへ招《まね》かれた孔明《こうめい》を、つれもどせるのか……？

以下続刊